ネットの『推し』と
MY FAVE PERSONS MOVED INTO CONDOMINIUM WHERE I LIVE.
リアルの『推し』が
隣に引っ越してきた

支倉《はせくら》ひより
人気アイドル声優。おっとりした性格だが、お酒を飲むと人が変わり……？
林城《りんじょう》 静《しずか》
人気VTuberの中の人。清楚系で配信しているが、現実はイメージと大きくかけ離れている。

天《てん》童《どう》蒼《そう》馬《ま》
大学三年生。趣味は家事と『推し』事。困っている人を見るとつい手を差し伸べてしまう。
水《みな》瀬《せ》真《ま》冬《ふゆ》
十年振りに再会した幼馴染み。初恋相手の蒼馬へやや過剰な愛を持つ。

「――蒼馬、こっち来なさい」

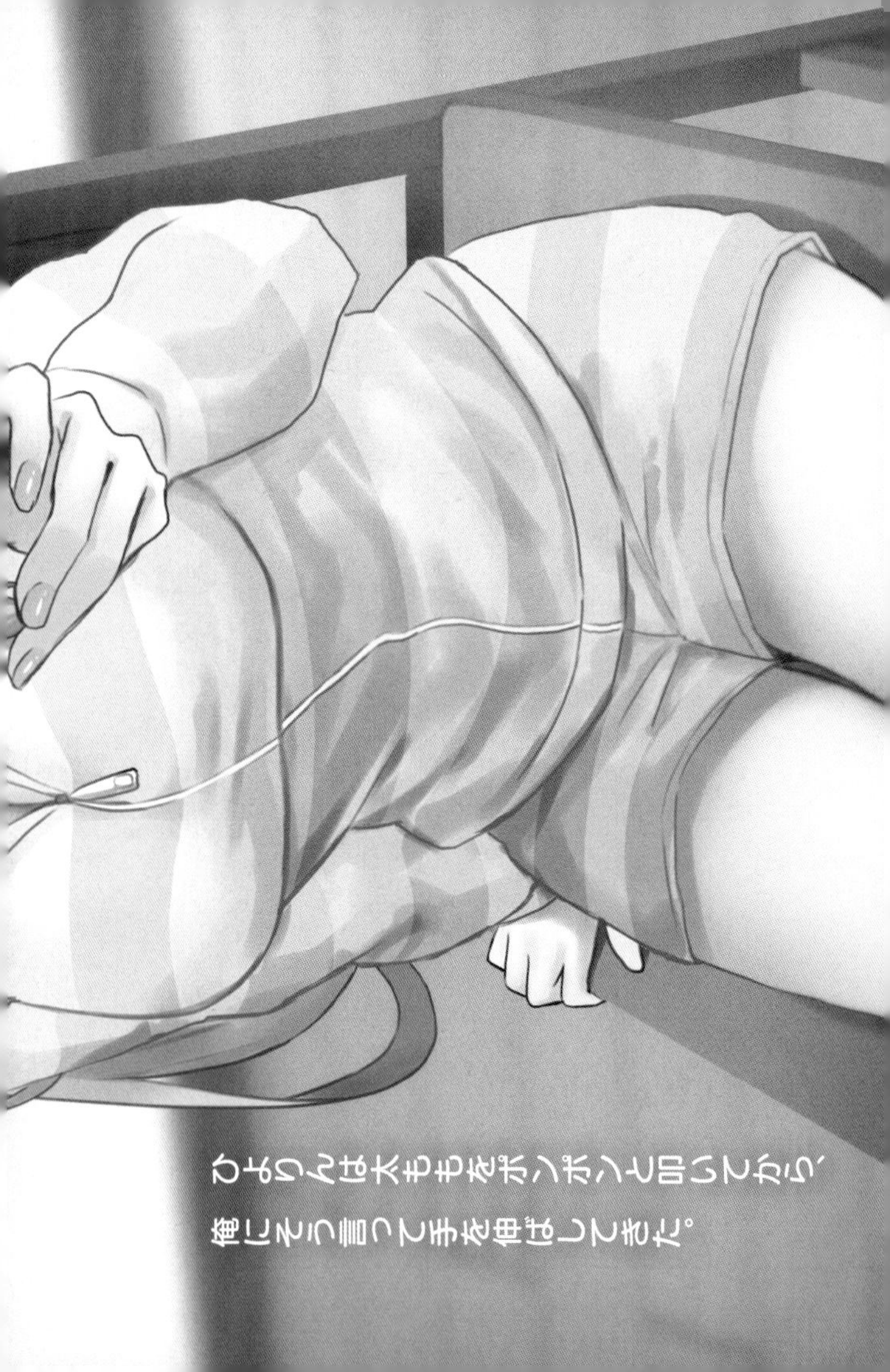
ひよりんは太ももをポンポンと叩いてから、
俺にそう言って手を伸ばしてきた。

「すぅ……すぅ……」

カーテン越しの柔らかな朝日が
静の寝顔をそっと照らしていた。

MY FAVE PERSONS
MOVED INTO CONDOMINIUM
WHERE I LIVE.

CONTENTS

『本名みやび』

イラスト：秋乃える

ネットの『推し』とリアルの『推し』が隣に引っ越してきた 1

遥 透子

OVERLAP

イラスト／秋乃える

プロローグ

『推し』――――それは、この色褪《いろあ》せた日常に彩りを与えてくれる存在。

アイドル、歌手、声優、俳優、VTuber――――ゲームやアニメのキャラクターから近所の喫茶店の店員まで、人はあらゆる場所で『推し』の存在を見つけ出す。苦悩や困難が多い現代では、誰でも一人くらいは『推し』がいるのではないかと思う。

『推し』から得られる力というのは、とてつもなく大きいのだ。

『推し』を見つけた人間が次に取る行動…………それは『推し活』だ。

イベントに参加する。グッズを購入する。店に通い詰める。投げ銭を送る――――そのやり方は無数にある。ファンアートを描いたり、オリジナルグッズを作ったりすることだってあるだろう。

テレビの向こうの『推し』を見つめる事しか出来なかった昔と違い、SNSが広まった現代では『推し』から直接反応を貰《もら》える事も珍しくない。精力的に『推し活』をする事は『推し』からの認知に繋《つな》がるのだ。『推し』に名前を呼んで貰え、更に自分の事を覚えて貰えるというのは、ファンにとっては何より嬉《うれ》しい事だと思う。

…………『推し』との距離が近い事は、けれど必ずしもいい事ばかりではない。

距離が近いからこそ、決して越える事の出来ない一線を実感し傷付く事もある。人間の欲望に際限はなく、どこまで『推し』に近付いても、完全に満たされる事など結局の所ないのだから。

――目を合わせて欲しい。

――名前を呼んで欲しい。

――自分を認知して欲しい。

…………特別な存在になりたい。

『推し』と仲良くなりたい――そう思う人もいるだろう。

手の届かない存在に憧れ、想《おも》い、恋慕し、近しい存在になりたいと強く願う。

気持ちは分かる。ただこれだけは知っていて欲しい。

夜空に輝く星が、実は宇宙の塵《ちり》でしかないように――『推し』という存在もまた、近付けば見えてしまうものもあるってことを。

俺はその事を――ネットの『推し』から、そしてリアルの『推し』から、学ぶことになる。

一章　ネットの『推し』が隣に引っ越してきた

チュンチュン。チュンチュン。

「……うっさ」

俺の一日はアホみたいにうるさいスズメの鳴き声で起こされる所から始まる。休日だってのにロクに寝かせてくれやしない。

時計を確認したら六時丁度。俺はジジイかっつーの。

「…………起きるか」

腰巻きみたいになっていたタオルケットを跳ね除《の》けてベッドから起き上がる。そのまま流れるようにキッチンに向かい、冷蔵庫の中身を物色する。

「お、卵残ってるじゃん。昨日使い切ったと思ってた」

朝飯は大事だ。

どこかで見たアンケート結果では朝飯を食べない人が多いらしいが、俺から言わせればそれはありえない。午前中の集中力は低下するし、昼飯を食べるときに血糖値が爆上がりするし、調べた所によると脳卒中のリスクも上がるらしい。もしオートファジー的なダイエットをするにしても朝食は抜かない方がいいだろう。

オートファジーと言えば俺の好きなVTuberが、あまりにも生活リズムがバラバラだっていうんで『セルフオートファジー』とか言われてたな。気が付いたら一日何も食べてないみたいな事がザラにあるらしい。チャット欄の皆は笑ってたけどマジで心配だ。いつか身体《からだ》壊すんじゃないかとヒヤヒヤする。

……エッテ様、何となく病弱なイメージあるしな。

冷蔵庫から卵とベーコンを出し、キッチンに立つ。

フライパンを十分に熱したら油を引き、まずはベーコンを投入、遅れて卵を割り入れる。

一人暮らし始めたての頃はあたふたしたものだけど今となっては慣れたものだ。あっという間に今日の朝食が完成した。

一人暮らしを始める前は「面倒なんだろうな」と思っていた自炊は蓋を開けてみれば案外楽しくて、俺は余程の事がない限り自炊している。大学の友人に言ったらめちゃくちゃ驚かれたっけ。自炊の方が食費が安上がりだと思うんだけどな。冷蔵庫内のマネジメント能力も身について一石二鳥だ。

出来上がったベーコンエッグを真っ白な皿に載せると、リビングに移動し、どう見ても一人暮らしには不相応な四人掛けのテーブルの端っこに置く。そうしたらまたキッチンに戻り、お茶碗《ちゃわん》にご飯をよそい、またリビングに戻ってテーブルに着席する。リビングとキッチンを往復しなければならないのがなんとも面倒くさくて嫌になる。

「いただきます」

――親が借りたこの無駄に広いマンションは、はっきり言って生活するには不便だ。

「一人暮らしは危険だから」と持ち前の心配性が発揮された結晶であるこのマンションは、間取りが2ＬＤＫでセキュリティもガチガチだった。そのせいか家賃は相場よりもかなり高く、住人は少ない。俺の住んでいる階には部屋が四戸あるが、他の部屋は長い間空室が続いている。隣に美少女が引っ越して来た、みたいな展開はどうやら現実にはないらしい。

「ごちそうさま」

速やかに朝食を済ませ、そのまま食器を洗う。

俺が思うに、洗い物が面倒だと感じる理由は食器を溜《た》めるからだ。その都度洗う習慣を身に付けてしまえば何ということはないんだが、どういう訳か世の中には流し台を腐海に変貌させる人が多い。仮に美少女が隣に引っ越して来たとして、流しが汚かったら魅力も半減だ。

「……うっし」

洗い物を済ませると、やることがなくなった。

時計を見ると六時四十分。東京とはいえ、流石《さすが》にこの時間は店も殆《ほとん》ど開いてないから外に行く選択肢はなし。大学の課題も終わっているし……。

「……テキトーにエッテ様の切り抜きでも見るか」

九時になれば近くのスーパーが開くから、それまで暇を潰せればいい。

俺はさっとホットコーヒーを用意すると、テーブルにノートパソコンを持ってきて動画サイトのミーチューブをクリックする。

お気に入りから『エッテ様切り抜きチャンネル【公認】』を選んで適当に動画をクリックすると、スピーカーからはすっかり耳に馴染《なじ》んだ落ち着いた声が流れ始めた。

動画のタイトルは『火傷《やけど》しながら激辛焼きそばに勝利するエッテ様』。俺が丁度リアルタイムで見れなかった二日前の放送だ。アーカイブもまだ見れてなかったんだよな。

『今日は激辛ポヤングを食べてみたいと思います。何か今流行《はや》っているじゃないですか。この前ゼリアちゃんが泣きながら食べてたのを見たんだけど、あれめっちゃ面白くて。私もやろっかなーと思ってコンビニで買ってきちゃった』

あー最近流行ってるよな、激辛インスタント焼きそば。他の配信者の切り抜きをいくつか見たけど洒落《しゃれ》にならない辛さらしい。エッテ様、胃腸弱そうなイメージあるんだが大丈夫なのか？

コメント：『いいね』
コメント：『激辛？』
コメント：『超激辛じゃなくて？』

『超激辛？　私が買ってきたやつは激辛って書いてあるんだけど…………違うのかな？』

コメント：『もいっこ上がある』
コメント：『ゼリアが食べてたのは超激辛』
コメント：『それそんな辛くないよ』
『ありゃ。まあ私辛いのそんなに得意じゃないし、まずはここからってことで。全然辛くなかったら後日超激辛にもチャレンジするかも。じゃあちょっと作ってくるね』
コメント：『了解です』
コメント：『俺もポヤング食おうかな』
コメント：『エッテ様じゃ激辛すら無理そう』
俺は頷《うなず》いた。エッテ様、一口食べてギブアップするんじゃないか。
アンリエッタ、通称エッテ様は大手ＶＴｕｂｅｒ事務所『バーチャリエラ』所属のＶＴｕｂｅｒだ。
登録者数は六十万人で、バーチャリエラ内では中堅くらいの規模。
落ち着いた声とマイペースな話し方が特徴で、彼女の睡眠導入雑談枠はそのうち正式に睡眠障害への効能が認可されるらしい。もちろん冗談だが、聴いているとそれくらい落ち着くのは確かだ。

そして俺は——そんなエッテ様を『推し』ていた。

大きなきっかけがあった訳じゃない。偶々《たまたま》オススメに出てきた動画で知って、いつの間にか好きになっていた。今では立派な睡眠導入剤だ。俺を快眠に導くしっとりとしたハープのような声が、スピーカーから再生される。

『ただいまー。なんかうまく湯切り出来なくて親指火傷しちゃったかも。という訳で親指冷やしながら食べるね。食べてる音入っちゃうから不快な人はミュート推奨！』

コメント：『火傷大丈夫⁉』
コメント：『ポヤングはいいから親指冷やして』
コメント：『咀嚼《そしゃく》音をおかずにご飯食べます』

『コップに氷水入れて指突っ込んでるから大丈夫だよー。心配してくれてありがとね。じゃあいただきまーす』

ずるずる。

ずるずるずるずる。

啜《すす》る音がスピーカーから流れだす。因《ちな》みに火傷をした時は氷水じゃなくて流水で冷やした方が良いんだが、録画にツッコミを入れることは出来ない。そういうコメントも流れているが、エッテ様の目には入ってないようだった。

コメント：『咀嚼音助かる』
コメント：『咀嚼音丁度切らしてた』
コメント：『辛くなさげ？』

『……っふうー、今の所はねーあんまり辛くないかも。……あーでも辛いなあ！　喉が結構ゴホッ！　喉に、結構、ゴホッ！、くるねー』

コメント：『キツそう』
コメント：『無理しないでね』
コメント：『苦しそうなエッテ様……ハアハア』

幾人かの変態を含むチャット欄に見守られながら、意外に何事もなくエッテ様は激辛焼きそばを完食した。

『激辛はねー、やっぱりあんまり辛くなかったかな。近いうち超激辛チャレンジするね。ちょっと引っ越しで二日ほど配信出来ないから、引っ越し記念配信でやるかも。それじゃあ、またね』

その切り抜き動画はそこで終了した。

「……アち」

俺はホットコーヒーに口をつけながら、次の切り抜きが再生されるのを待った。休日らしい、まったりとした朝。


エッテ様の切り抜きを見続ける事、早二時間。見逃していた最近の配信で起きた出来事もあらかた把握し終え、時計を見るとそろそろスーパーの開店時刻になっていた。

「……買い物行くか」

チラシによると、今日は近くのスーパーで卵が激安だった。何といつもより四十円も安いのだ。これは朝一でなくなる事必至。

ノートパソコンを閉じると、相変わらずうるさいスズメの鳴き声に混じり何か重い物を動かしているような重低音が耳朶《じだ》を叩《たた》く。

それは隣の部屋から聞こえているようだった。

「なんだ……?」

逸《はや》る気持ちを抑えて、椅子から立ち上がる。隣は空きのはずなんだが……もしかして誰か引っ越してくるのか？

俺は気になって巣穴から顔を出すプレーリードッグよろしく玄関から顔を出した。すると、奥の方で丁度引っ越し業者と思われる数人がエレベーターに乗り込むのが見えた。手前の空き戸だった所に視線を戻すと、玄関口から黒いパーカーを着た女の子が「ありがとうございましたー！」と頭を下げていた。

「……マジか」

やはり隣に誰か入るらしい。それもどうやら若い女性。

声をかけようか迷ったものの、悩んだ末に俺は玄関に引っ込んだ。脳裏をよぎるのは『北風と太陽』の童話。事を急いだ北風は、結局失敗してしまう。

いきなり男に話しかけられたら向こうも警戒するはずだ。隣人付き合いにおいて第一印象は何よりも大事だと思うから、絶対に失敗はしたくない。

俺は外行きの服に着替えるとエントランスに出た。隣の部屋の前を通り過ぎながらチラッと見てみると、先程の女の子がフラフラと覚束《おぼつか》ない足取りで段ボールを抱えていた。見れば電化製品なども玄関に放置され、満足に設置されていない様子。これは大丈夫なんだろうか………？

手伝いたいのは山々だが、警戒されずに話しかける方法も思いつかない。悩んでいるうちにエレベーターホールに辿《たど》り着いてしまい、俺は結論の出ぬままエレベーターに乗り込んだ。

◆

「あぶね、ギリギリセーフ」

まだ開店して間もないというのに卵は残り僅かになっていた。やはりこの時間に来て正解だったな。胸を撫《な》で下ろしながら卵を一パック確保すると、脳内でチラシを展開する。今日は土曜だから……袋麺も安かったな。何だかんだあると便利だし買っておくか。

両親に無理やり決められたとはいえ、分不相応な高級マンションに住んでいる身としては極力食費は抑えたいと思っている。一週間分のチラシを脳内にインプットしておく技術はいつの間にか身に付いていた。

袋麺コーナーに移動すると、その隣のカップラーメンコーナーで例のあれを発見する。

「超激辛ポヤング……誰が買うんだよこれ」

パッケージにデカデカと描かれている鬼のイラストが、否《いや》が応《おう》でも目を惹《ひ》く。血で描かれたような「辛さ無限大」の文字に一体どのような層が喜ぶのか分からないが、案の定全く売れてないようだった。

「エッテ様……食べれるのか、これ？」

切り抜きでは別に辛いものが得意という訳ではないと言っていた。これより遥《はる》かにマシらしい激辛ポヤングですら偶《たま》に苦しそうにしていたし、こんなものを食べたら体調を崩してしまうんじゃないか。他のＶＴｕｂｅｒが超激辛に挑戦している切り抜きを見た限りでは相当辛いらしいし。

エッテ様の無事を祈りつつ、俺はお気に入りの袋麺をカゴに突っ込みレジに向かった。

◆

買い物を終えマンションに戻ると、お隣さんはまだ荷解《にほど》きの最中だった。

——というか、流石《さすが》に見過ごせない状況に陥っていた。

「んん～～～～～～～ッ！！！」

そこには玄関に鎮座しているドラム式洗濯機にへばりつき、必死に持ち上げようとしている無謀な女の子がいた。こちらに背中を向けているので顔は分からないが、必死の形相で踏ん張っている事が容易に想像できた。

「ぬぬぬぬぬ……！　動いてよぉ～……!!」

当たり前だが、洗濯機は全く微動だにしていない。男でもキツイのだ、鍛えていない女の子が一人で運ぶのはどう考えても不可能だろう。ダボッとしたパーカーを着ているのでおおよそしか分からないが、どうやら小柄な子のようだし。このままではこの子は日が暮れるまで洗濯機くっつき虫として生きることになってしまう。

……遠慮や羞恥心は、流石に引っ込んだ。

「こんにちは」

「きゃっ!?」

覚悟を決め話しかけると、背後から声を掛けられてびっくりしたのか、女の子は大きな悲鳴を上げ身を震わせた。女の子はふう、と大きく息を一つ吐いた後、胸に手を当てながらこちらに振り返る。

ウェーブがかった茶色い髪がふわっと揺れ――心臓がドクンと跳ねる。そこには美少女が立っていた。

美少女は俺の姿を確認すると、気が抜けたように身体《からだ》を脱力させた。

「はぁー……びっくりした……」

「ごめん、そんなびっくりするとは思わなくて」

「い、いえ。私もぼーっとしてたから。初めまして、隣に越してきた林城《りんじょう》と申します」

林城と名乗ったその美少女は、さっき引っ越し業者にやっていたのと同じように深々と頭を下げた。反射的に頭を下げ返す。

「初めまして、天童《てんどう》といいます。年齢二十歳、職業大学生です」

出会い頭に驚かせてしまった俺は、この場に充満している不審者空気を少しでも消したくて年齢と所属を合わせて名乗った。俺は真っ当な人間なんです。怪しい者ではないですよ。

「あ、同い年！」

林城さんは驚いた様子で俺を指差す。

…………同い年？

マジか。凄《すご》い偶然だな。

敬語は面倒だし、向こうもフレンドリーな人っぽいし、もうタメ語でいいか。

「うそ、そっちも二十歳？　大学生？」

「……在宅ワーク的な？　フリーで働いてるんだ」

「フリー？　なんか凄そう」

「んにゃ、全然だよ、そんなそんな」

顔の前でパタパタと手を振る林城さんを見て——俺はとある事に気が付いた。左右に動く彼女の右手に、大きな絆創膏《ばんそうこう》が貼られていたのだ。

「——それ、どうしたの？」

「？……ああこれ、ちょっと火傷《やけど》しちゃったんだよね。中々治らなくってさー」

絆創膏を指差すと、林城さんはまるでその事を恥ずかしがっているかのように右手で顔を扇《あお》いだ。てっきり今日の引っ越し作業で出来た傷だと思ったんだが、どうやら違うらしい。

「ふうん……じゃあ荷解き大変じゃない？」

「いやー、本当そうなんだよー……今日中に色々セットしちゃいたいんだけど、厳しいかなーってちょっと諦めモードなんだあ。業者さんは荷物を玄関に放置して帰っちゃうし……」

そう言って林城さんはがっくりと肩を落とした。

——ここだ。俺は本題を切り出した。

「手伝おうか？」

「……え？」

「俺、今日は一日中暇だし。見られたくないものとか多いだろうけど、例えば重い物だけとかさ」

丁度目の前に鎮座している洗濯機を指差す。林城さん一人では絶対に運べない事は彼女も分かっているだろう。俺の申し出に、林城さんは「ううん……」だの「でも……」だの呟《つぶや》きながら悩み出した。頭を抱えながら首を左右に振っている。さっきから思っていたが随分ジェスチャーが激しい人だ。

断られたらどうしようかな、流石に見過ごせないし……と内心不安だったんだが、結論はすぐ出たようだった。

林城さんは俺の方にキチンと向き直ると、がばっと頭を下げた。彼女が頭を下げるのを見るのは早くも三度目だ。

「それじゃあ……申し訳ないんだけど、お願いしていいかな？」

◆

女の子の引っ越しは荷物が多いものだと思っていたんだが、林城さんの荷物は意外にも多くはなかった。冷蔵庫や洗濯機、ベッドなどといった大物を何とか二人掛かりで片付けると、残ったのは段ボールが数個の他にはドデカいパソコンとその周辺機器だけだった。

ふんわりした雰囲気の林城さんにはパソコンをカタカタやっているイメージは全く湧かないんだが、この装置群を見るに意外とハイテクな生活をしているのかもしれない。そういえば在宅ワークで稼いでるって言ってたしな。

「こっちの段ボールは一人でもいけそうだから――パソコン類だけお願いしちゃってもいいかな?」

「了解。レイアウトは指示して」

「えっと……パソコンはベッドのある部屋で。まずはデスクの近くに移動させてほしいかも」

「ほいほい」

足腰に力をいれてパソコンを持ち上げると、ずっしりとした重みが全身に伝わってくる。どう頑張っても林城さんがこれを一人で運ぶのは無理だったろう。聞けば林城さんはよく分からないまま引越しプランを一番安いものにしてしまったようで、その結果玄関とリビングに全ての荷物を放置されてしまったらしい。自業自得ではあるものの可哀想《かわいそう》な話ではある。

……俺が手伝うのを了承してくれて本当に良かった。もし変に遠慮されでもしていたら、俺は今日一日悶々《もんもん》とした気持ちで隣の部屋を気にしていただろう。

指示通り寝室に入ると、L字型のテーブルとベッドが目に入る。

俺はテーブルの傍《そば》にパソコンを降ろした。よく見れば彼女のパソコンはミーチューブの広告でよく目にする有名なゲーミングパソコンブランドの物で、どうやら林城さんはゲームを嗜《たしな》むらしいことが分かった。ゲーマー女子ってやつかもしれないな。大学にもネットゲームのサークルがあるが、女子比率が高くて驚いた記憶がある。

「ありがとー！　さっすがオトコノコ、ちっからもちー！」

「つつくな、つつくな」

脇腹を小突いてくる林城さんを手で払いのけて俺はリビングに戻った。まだ大量の周辺機器が俺を待っているんだ。

それにあんまり突くと惚《ほ》れても知らねーぞ。こちとら女の子に優しくされ慣れてないんだからよ。

「んで、次はどうすりゃいい？　モニターとか運ぶ？　つーか、凄いなこの量」

照れ隠しに、俺は矢継ぎ早に捲《まく》し立てた。

「パソコン使う仕事してるからねえ、これでも引っ越す時に生き残りトーナメント開催してきたんだけどもさ」

「マジで？　減らしてこれなのかよ……」

目の前に広がるのは――モニター三枚、ゴツいモニターアーム数本、マイク数個、スピーカー数個、キーボードにマウス、その他何に使うのか分からない機械等々、到底一人では扱い切れなそうな量だ。少人数の会社でも興すのかと思うレベル。

「そそ。パソコン一台実家に置いてきたしね。んじゃあ次はモニターお願いしてもいい？言ったところに取り付けて欲しいんだ」

「あいよ」

実は女の子の部屋に入るのは小学生以来の事だったけど、林城さんの部屋はまだベッドとパソコン類が並んでいるだけでムードも何もなかったから特に緊張する事はなかった。

パソコンの設置が終わると結局あれこれとリビング周りも手伝わされ、終わる頃には空は夕暮れに染まっていた。

「…………う――――、終わった――――――――！！！　ありがとねー天童くん！」

「どういたしまして。お役に立てたようで何より」

無作為に開けた段ボールから彩り豊かな下着が飛び出すハプニングがあった時はどうなるかと思ったが、頑《かたく》なに「見てない」と言い張る事で事なきを得た俺は終始和気あいあいとした雰囲気で作業する事が出来た。

女性の恥じらいを尊重する男なんだよ俺は。水色の下着を着用している女性には特にな。

「いやーホント、お隣さんが親切な人で助かったよ！　絶対一人じゃ終わらなかったねーこれは」

「まあ、そうだな。次からはちゃんと引越しプランを確認するべきだ」

「身に染みました……てへへ」

そう言って頭を掻《か》く林城さんは、控えめに言ってかなり可愛《かわい》かった。

……こんな可愛い子が今日から隣人なんだな。そう思うと、どうしようもなく気分が高揚した。

俺がにやけるのを我慢していると、林城さんがあっ、と声をあげた。

「そだそだ。連絡先交換しない？　ご近所さんとは仲良くしたいし、今日のお礼もしたいしさ」

「連絡先？　ルインでいいか？」

「うん！………はい、ふるふるー」

間の抜けた声を出しながら林城さんがスマホを振る。ルインは至近距離でスマホを振ると連絡先を交換できる機能が付いている。俺もその存在自体は大学で伝え聞いてはいたが、使用するのは初めてだった。

「………お」

加減が分からず遠慮がちにスマホを振っていると「林城静《しずか》」というプロフィールが画面に表示される。

「しずか、でいいのか？　読み方は」

「うん！　そっちは………そうまくん、でいいのかな？」

「そうだ。天童蒼馬《そうま》。よろしく林城さん」

そう言ってスマホをポケットに突っ込む俺を、不思議そうに林城さんが見つめてくる。

「静でいいよ？　同い年だし」

「そ、そうか………じゃあ静、よろしく」

「うん、これからよろしくねー蒼馬くん！」

ポン、とスマホを俺の胸にぶつけて笑う静に、俺は早くも惚れそうだった。

チョロいとか、言うなよな。

◆

「あー……いきかえった……」

いつもより長めの風呂で身体をほぐした俺は、ベッドに転がってスマホを眺めていた。

『じゃあ約束通り超激辛ポヤング食べちゃうぞー。いやー、引っ越し先近くのコンビニに売ってて良かったよ』

スマホを横にして観《み》ているのはエッテ様の配信。

放送名は『引っ越し記念！　超激辛ポヤングに挑戦！』。

引っ越しすると激辛焼きそばに挑戦する、というのは日本のどの地域の風習なのかは知らないが、とにかく記念らしい。まあ蕎麦《そば》配ったりするしな、似たようなものだろう。

コメント：『ちゃんと超激辛買ってきた？』

コメント：『待ってました』

コメント：『食べきれないに1000ポリカ』
『ちゃんと買ってきたよー。鬼の顔が書いてあるやつでしょ？　正直もうパッケージが人の食べ物じゃないんだよな………』
コメント：『ヨーグルト用意しといたほうがいい』
コメント：『はよ』
コメント：『死んだな（察し）』

「………腹減ったな」

決して超激辛ポヤングに刺激された訳ではないが、腹の虫がぐーぐーと鳴りだした。

日中は引っ越しの手伝いをしていたから、そういえば今日は昼から何も食べてないことに気付く。そりゃあ腹も減るってものだ。

「…………今から作るのもダルいな」

料理というのは意外に体力と頭を使うのだ。荷解《にほど》きの疲れに身体《からだ》を支配されている今、どうしても料理をする気にはなれなかった。

「ま、たまにはコンビニでいいか」

そうと決まればササッと行くに限る。コンビニは結構近い所にあるから、今から行ってもエッテ様が食べてる最中には帰ってこられるだろう。今日はきっと長丁場になるだろうし。

俺は寝間着兼スウェットのまま足早にコンビニに向かった。

「……うわ、売れてる」

ふと気になってカップラーメンコーナーを物色してみたら、噂《うわさ》の超激辛ポヤングが置いてあった。

しかも列の一番前がなくなっている。つまり、誰かが買ったのだ。

まさかミーチューブの企画以外でアレを食べようという物好きがいるとは。世界は俺が思っているよりずっと広いのかもしれない。

世の中には色んな人がいるんだなあ、としみじみ思いながら俺はパスタコーナーで大盛りミートソーススパゲティを手に取った。

超激辛ポヤングは勿論《もちろん》スルーだ。

◆

『んぎゃあああああああああ!…………んぐグ…………ッ、…………ハァ、ハァ、ハァ――………………!』

コンビニから帰ってくると、エッテ様の放送は阿鼻《あび》叫喚《きょうかん》の地獄絵図と化していた。

ＶＴｕｂｅｒの放送は身バレ防止の観点からカメラで手元を映す事は殆《ほとん》どなく、今回のエッテ様の放送も同様で、例えばポヤングがどれくらい減っているかを映す為《ため》にカメラが用意されているという事はなかった。

つまり、画面にはエッテ様の２Ｄモデルが映っているだけ。

笑顔のお姫様が、まるで人の尊厳を踏みにじられるような中世の拷問を受けているかの如《ごと》き叫び声をあげている。

コメント：『草』
コメント：『キャラ崩壊しとるｗｗｗｗｗｗ』
コメント：『エッテ様汚れ役もいけるやん！』

チャット欄は自分の『推し』が苦しむさまを見て喜ぶ変態たちでごった返していた。ここは地獄の三丁目かな？

「……いや、ようやるわマジで」

俺は辛さの欠片《かけら》もないミートソーススパゲティをちゅるちゅると啜《すす》りながら呑気《のんき》にそう呟《つぶや》いた。

エッテ様にはこういうリアクション芸人のような企画をするイメージはなかったけど、うん、偶《たま》にはいいかもしれない。少し身体を張りすぎな気もするが、推しの新しい一面が見られるのは素直にワクワクする。

『辛いっ、辛いよおおオオおおおお！　誰か助けてええええええ！』

「ははっ」

まるで殺人鬼にナイフを突きつけられているかのような迫真の命乞いに、思わず笑いが漏れる。エッテ様、面白すぎるだろ。

…………そういえばエッテ様は今日引っ越したばかりって言ってたけど、こんなに叫んで騒音問題は大丈夫なんだろうか。

もし静がこんな叫び声をあげていたら、はっきり言って俺は通報してしまうかもしれない。誰か助けてって言ってるし。

…………そういえば、うちのマンションって隣の音はどれくらい響くんだろ。これまで隣人がいなかったからよく分かっていないけれど、意外と壁が薄かったりするのかな。これからはその辺り気を付けた方がいいかもしれない。

『はふっ、はフッ！　ずるずるズルッ！　はー辛い！　はー辛い！　はー辛いいい！！！！！　ずるずるッ！　ゴフッ！』

ファイアードラゴンと一進一退の死闘を繰り広げているエッテ様に、普段の睡眠導入ASMRお姉さんの面影はどこにもない。

けれど俺は、なんというか……エッテ様が作られたキャラクターではなく、偶にはふざけたくもなるひとりの人間のように感じられて、妙な親近感を覚えていた。画面の向こうには確かに人間がいるんだなって、そんな当たり前の事を実感していた。
そして数刻に及ぶ激戦の後、ついにその時は訪れた。
『……食べたっ…………！　食べたっ、食べたよみんな…………！　あああああ痛い！
イタタタタタッ』
コメント：『はっっっっや』
コメント：『いやマジですげえ』
コメント：『流石《さすが》我らがプリンセスです』
『ごめんみんなっ……！　ちょっと、色々ヤバいから……！　とりあえず今日は終わるねっ！　写真だけ……ツブヤッキーにあげとくから……んじゃ！』
ぶつッ、と配信が終了する。こうして伝説の夜は幕を閉じた。
ツブヤッキーを確認すると、既に『エッテ様』『超激辛ポヤング』がトレンドに入っていた。
投稿を流し見すると、
『エッテ様ポヤング超スピードで完食してて草』
『マジで感動した。王国民として誇らしい』
『エッテ様思ってたよりフランクな人だった』

など、エッテ様を賞賛する感想が多い。バーチャリエラ所属のVTuberがこういった汚れ企画をするのは珍しいし、それに鬼神の如き戦いを魅せたエッテ様があまりにも意外だったんだろう。俺も正直……今日でかなりエッテ様の印象が変わった。

今まではゴリゴリの清楚《せいそ》系のキャラだと思っていたんだけどな。だけど幻滅したかと訊《き》かれれば寧《むし》ろその逆で、余計好きになったのは間違いない。他のファンもそうだろう。

「そういえば」

エッテ様、ポヤングの写真アップするって言ってたな。

早速彼女のツブヤッキーを見てみると一分前に写真付きの投稿があった。既に二千リツブヤキされているその呟きには、デスクとキーボード、そして真っ赤なソースに塗《まみ》れた空のポヤング容器が映っていた。本当によく食ったな、これ。

「……ん？」

俺は強烈な既視感を覚え、写真を凝視した。

ポヤングではない、その付近に映っている周辺機器。

これは――

「――いや、お隣さんやないかい！」

どう見ても、俺が汗水垂らして運んだ物品たちだった。

◆

何度も写真を見返したけど、やっぱりエッテ様がアップした写真に映っているのは静《しずか》のパソコン類で。小学生でも分かるその方程式を解くと、つまりエッテ様は静ということになる。

……今思えば『引っ越ししたばかり』『パソコンを使う仕事』『指の火傷《やけど》』など合致する要素は沢山あった。コンビニで超激辛ポヤングが売れていた事もそうだ。エッテ様が『近くのコンビニに売っていた』と言ってたし。静が今日中に荷解きを終えたがっていたのも合点がいく。

とはいえ。

「……いや、マジかよ」

推しが……隣に⁉

なんだ、これ。

ドッキリにしちゃあ少しやりすぎじゃないか？

こんな展開、アニメや漫画でしか見たことないぞ。

「……いや、マジ？」

現実が信じられなくて、もう何度もそう呟いていた。

「……つーか、中身可愛《かわい》すぎるだろ」

ありがとー、蒼馬《そうま》くん！　そう言って笑う静の顔が脳裏に浮かぶ。

エッテ様の中身ってどんな人なのかなあ、なんて考えたことはあるけど、まさか2Dモデルに負けず劣らずの可愛さだとは想像もしなかった。出来の悪いフィクションみたいだよな。でもこれは現実だった。頬を抓《つね》っても涙が出るだけだ。

……エッテ様に名前呼んで貰《もら》っちゃったよ俺。

エッテ様の事、呼び捨てにしてるよ俺。

ぐふふ。

「……いかん、ニヤけてばかりではいられん」

表情筋に力を入れ、無理やり顔をキリッとさせる。

俺の前には今、一つの大きなクエスチョンがあった。

ズバリ『身バレした事を伝えるか、伝えないか』だ。

それぞれのメリットを考えていこう。

伝えた場合のメリット……静に隠し事をしないで済む。

伝えない場合のメリット……仲のいい隣人のままでいられる、身バレしたと警戒されずに済む（最悪の場合引っ越してしまうかも）、こっそりと放送とのギャップを楽しむことが出来る。

……こんなもんか。

こうして考えてみると、『身バレしたと警戒されずに済む』がほぼ全てだ。身バレしたと知れたら、静はきっとまた引っ越してしまうだろう。折角ラブコメの主人公みたいなラッキーが降ってきたのに、それを自ら手放すなんてまっぴら御免だ。憧れのエッテ様との繋《つな》がりは絶対断ち切りたくない。

「……決まりだな」

俺はルインを起動すると、静の名前をタッチする。

「これからよろしくね！」と数時間前に送られた会話で最後になっているそのルームに、俺は手短に文章を書き込んだ。

『ポヤング、お疲れ様』

俺は女性には嘘《うそ》をつかない主義なんだ。

水色の下着を履いている女性には、特にな。

◆

『……ちょっと今からそっちいっていい？』

そんなメッセージが返ってくるや否や、インターホンが鳴った。

玄関を開けると、興奮した様子の静が雪崩《なだれ》込んでくる。

「蒼馬くん、何で知ってるの!?」

「いや、写真に映ってるデスクに見覚えあったから」

「……あ」

俺の言葉に静は早くも謎が解けたようで、口を開けたまま固まった。

「時既に遅しなんだけどさ、身バレするからあんまり写真はアップしない方がいいと思うぞ？　まあ、今回はちょっとイレギュラーだと思うけど」

住んでいるマンションの外観などが映っていた、とかであれば不用心だが、自分のデスクの写真から身バレに繋がるとは普通考えないだろう。現に俺が引っ越しの手伝いをしていなければバレることはなかったし。

静は俺の言葉を聞いているのかいないのか、両手で頭を抱えて唸《うな》り声《ごえ》をあげた。

「うー……やらかしたなあ……まさか初日から身バレするとは……」

静は口調こそ緩いが存外凹《へこ》んでいた。

まあ人気者は色々大変なんだろう。俺には分からない悩みだ。

「ねえ蒼馬くん、お願いがあるんだけど……」

「今日のことなら誰にも言う気はないぞ？」

「え？」

心底驚いた、そんな表情を静は浮かべた。

「当然だろ。推しの迷惑になるような事したくないし」

そう言うと、静は見開いた目を更に大きくした。

「えっ、えっ……蒼馬くん、私推しなの!?」

「まあ。だから静がエッテ様だって気付いた時はめちゃくちゃびっくりした」

「いやー……うん。それは……うん。びっくりするよね……」

申し訳なさそうに静が目を伏せる。

推しがこんなんで幻滅したよね……とか思ってるんだろうか。寧ろテンションが上がる要素しかないんだが。

「黙っとこうかなーとも思ったんだけどさ。なんつーか……ここのマンション、全然人が入らなくてさ。俺ずっと一人だったんだよね。そんでさ、やっと出来た気の合いそうな隣人に隠し事するのもなんか違うな……と思っちゃって。俺、エッテ様どうこう関係なしに静とは仲良くやっていきたいって思ってるから」

照れくさくて頬の裏を舌でつつきながら俺は気持ちを伝えた。これは紛れもない本心だった。確かにエッテ様が引っ越してきたと知って飛び跳ねるほど嬉《うれ》しかったけど、それを抜きにしても静とは仲良くなりたいと思ったんだ。

誰か引っ越してこないかなって、ずっと思ってたから。

俺の言葉にどれほどの力があったのかは分からないが、少なくとも静は悲しい顔を止《や》めてくれた。

「まあ、だけど、一応身バレはしちゃった訳だし。静がまた引っ越すって言うんなら残念だけど仕方ないかな、とも思う。だからこんな事言っちゃったけど、俺のことは気にしないでいいから」

そんな深い付き合いでもないしな。なにせ今日出会ったばかりだ。

それにしちゃ若干重めの事を言っている自覚はあるが、出来ればこれからも仲良くしたいという欲望の表れだと思ってくれ。

「…………きゅん」

静はぽーっとした表情で俺を見ていた。話聞いてたか、おい。

「静、聞いてた？」

「あっ、うん、うん！　引っ越しはしないよ。いや、そういう事もあるのかもしれないけど。蒼馬くんなら大丈夫だって私は信じてるから」

頬を赤く染めながら静は笑った。

「それに——私だって、折角出来た頼もしい隣人さんと、これからも仲良くしたいって思ってるんだよ？」

こうして、『ネットの推し』が隣に引っ越してきた。

これから夢のような生活が始まるんだ——そう確信した俺だったが、まさか目の前の『推し』兼美少女が見た目だけのハリボテだったと知るのは、もう少し後のことになる。

◇

『放送観《み》たよｗｗｗｗめっちゃキャラ崩壊してたねｗｗｗｗ』

ゼリアちゃんからのルインを私は恨めしそうに見つめていた。

『信じられないくらい辛かったんだけど！　ちゃんと言っといてよね！』

ゼリアちゃんは私が所属するＶＴｕｂｅｒ会社『バーチャリエラ』所属のＶＴｕｂｅｒだ。デビュー時期が近かった事もあって仲が良く、こうしてプライベートでも連絡を取り合っている。

私は超激辛ポヤング企画の先輩であるゼリアちゃんに『どれくらい辛い？』と事前に聞いていたのだ。しかしその時に返ってきた答えは『んーあんまり？　全然普通だよ』だった。それで私は得意でもないのに超激辛ポヤング企画を開催してしまった。

結果は見ての通り。つまりゼリアちゃんが全て悪いんだ。

『だってホントの事言ったら絶対食べないじゃんｗｗｗｗ』

『当たり前よ。なにあれ、人の食べ物？』

『ほんとそれｗｗｗ次の日めっちゃ胃腸痛かったｗｗｗｗ』

『私は現在進行形で痛いんですけど！！！』

ゼリアちゃんは小悪魔をモチーフにしたＶＴｕｂｅｒで、同じバーチャリエラ所属の魔界のお姫様『魔魅夢《まみむ》メモ』さんの手下としてよくカップリングが組まれていたりファンアートが描かれていたりする。大体ゼリアちゃんが汚れ役で『メモさんに無茶振りをされて困るゼリアちゃん』という構図がお約束になっていた。

つまり彼女にとっては超激辛ポヤング企画もなんてことないんだろう。ゼリアちゃんが酷《ひど》い目に遭うのを見て楽しむ『ゼリ虐』というコンテンツがあるくらいだけど、当の本人はそれを『おいしい』と思っているようだった。

清楚《せいそ》系お姫様キャラの私は、ポヤングのせいで大切なものを失ってしまった気がするけれど。

暫《しばら》く他愛もない会話を続けていると、話題は私の引っ越しの事になった。

『そーいやさーエッテ引っ越したんだよね』

『そうだよー。今日から一人暮らし！』

『東京だよね？』

『うん。落ち着いたらリアルで遊ぼうね！』

ゼリアちゃんは東京住みだと言っていたから、これからは気軽に会えるようになる。

今までネットでしか絡んだ事がない人とリアルで会えるようになるのは本当に楽しみで、私が地方の田舎から東京に引っ越す事を決めた大きな要因の一つでもあった。

『そのうち家に突撃するわｗｗｗｗ一人暮らし結構大変そうだけど頑張れよー』

『ありがとね。隣の人がすっごくいい人だったから何とかなりそう』

ピースのスタンプを送信。

『隣人挨拶したん？　東京結構やらない人多いけど』

『うん。荷解《にほど》き手伝って貰っちゃった』

『……？？？　初対面の人を家に上げて荷解きしたん⁇』

『そうだけど……まずかったかな？　一人だと終わらなさそうだったから』

『流石《さすが》に女よな？？？』

『…………』

『…………マジ？　大丈夫だったん？』

『下着とかの段ボールは別で分けてたし！　それに、本当にいい人だから大丈夫だと思う。実際一人だとパソコンとか運べなかったし』

重たいパソコンをひょいっと持ち上げる蒼馬くんを思い出して……胸がキュンと高鳴った。

『それはまあしゃーないんか……？　とにかく気をつけろよー。女の一人暮らしは危険が一杯だし、うちらは身バレとかのリスクもあるんだから』

『そうする。ありがとねゼリアちゃん』

もうバレました！　とは流石に言える訳もなく。

こんな感じで私の激動の引っ越し一日目は終わりを告げたのでした。

……。

…………。

…………そーまくん。

なんちゃって。

八住《やすみ》ひよりという声優を知っているだろうか。

俺は二年前、アイドル育成系ソーシャルゲーム『ザニマス』で彼女の事を知った。

俺はそのゲームをリリース初日からプレイしていてライブにも全通しているんだが、ファーストライブで見た彼女が本当に綺麗《きれい》で凛々《りり》しくて、すっかりファンになってしまったのだ。

後から調べて知ったんだが、彼女はそれまでは小さな役しか貰《もら》えていなかったようで、どうやらザニマスで初のメインキャラを勝ち取ったらしかった。

それなのに今や色んなゲームやアニメにも出るようになって、今期からついに日曜朝の長寿アニメ『ドレキュア』のメインキャラに抜擢《ばってき》された。飛ぶ鳥を落とす勢いの超人気アイドル声優だ。

「ひよりんがドレキュアに……感慨深いなあ」

画面の向こうでは八住ひよりが声を当てているヒロイン『風祭《かざまつり》つかさ』が敵役の怪人を見事なローリングソバットで月まで吹き飛ばしていた。ドレキュアは代々ヒロインが肉弾戦で怪人を倒すのがお約束だった。女児向けアニメの割に妙に気合の入った戦闘シーンはドレキュアの魅力の一つでもある。

　エンドロールの『風祭つかさ　CV：八住ひより』という文字に満足すると、俺はテレビを消しスマホを操作する。ホーム画面から『ザニマス』のアイコンを探し出してタッチすると、ひよりんが声を当てているキャラ『星野《ほしの》ことり』が画面いっぱいに表示され、俺に話しかけてくる。

『お帰りなさい、プロデューサー！』

「……声優って凄《すご》いよなぁ。色々なキャラを演じ分けられるんだもん」

　ドレキュアの『風祭つかさ』とザニマスの『星野ことり』は性格も話し方も全く違う。それなのにひよりんはキャラの特徴を摑《つか》み、そのどちらも完璧に演じていた。俺はひよりん推しだから同じ声優が声を当てていると分かるけど、普通の人は別の声優だと勘違いするんじゃないだろうか。

「……ひよりん、プライベートではどんな感じなんだろ」

　そうやって色々なキャラを完璧に演じられるからこそ、ひよりんがどんな性格なのか全く想像もつかない。

「意外と私生活はポンコツだったりして……って流石にそれはないか」

　生放送で軽快にトークを回す姿を見る限り、きっとプライベートでもしっかりした性格だと思うんだよな。仕事のトークとはいえ、多少は素で喋《しゃべ》ってる部分もあると思うし。

　雑談枠で色々話してくれるＶＴｕｂｅｒに比べて、声優はプライベートの話を聞ける機会もあまりないから、ひよりんのプライベートは謎に包まれたままだ。私生活の事をツブヤッキーで呟《つぶや》くタイプでもないし。

ひよりんの私生活を知れる事なんて間違いなく一生ないんだろうけど、意外とお茶目だったりしたら可愛《かわい》いな。

◆

「なんだ？　誰か入ったのか？」

梅雨に差し掛かったこの時期の午後六時は、まだまだ空が明るい。

大学帰りの俺は、自宅マンションの駐車場に有名な引っ越し会社のトラックが停《と》まっているのを遠目に発見した。背中にデカデカと社名が入った作業着姿の男が数人、せっせと段ボールやら家具やらを運び出している。

俺は勤労に勤《いそ》しむ大人たちを横目にマンションに入ると、エレベーターの呼び出しボタンを押した。

階数表示のライトが下がってくるのを眺めていると、段ボールを抱えた体格のいいあんちゃんが隣に並んだ。お互い無言で待っていると、エレベーターが到着し扉が開く。俺は両手が塞がっているあんちゃんの代わりに操作盤の前に陣取った。

「何階ですか？」

その問いにあんちゃんは慣れ親しんだ階層を答えた。俺が住んでいる階だ。マジか。この前静《しずか》が引っ越してきたばかりだっていうのに、また新しい住人が増えるのか。

いい人だったらいいな。出来れば綺麗な女の人で。

そんな事を考えているうちに、エレベーターが目的の階に到着する。あんちゃんは「あッした」と運動部ライクな礼をよこすと、力強い足取りで空き部屋に荷物を運んでいく。そこは俺の家の向かいだった。

――うちのマンションは一階層四戸のつくりになっていて、中央のフロアを挟んで片方に二戸、反対側に二戸というレイアウトだ。その一辺には俺と静が住んでいて、その向かいの二戸のうち、俺の家の向かいに新しく誰かが入ってきたらしい。これで空いているのは静の部屋の向かいのみになった。この前まで俺しか住んでいなかったのに、急にどうしたことやら。引っ越しシーズンではないはずだが。

新しい住人が、どんなパーソナリティを持っているのか気にならないと言えば嘘《うそ》になるが、わざわざ顔を見に行く訳にもいかない。俺はそわそわする気持ちをぐっと抑え自宅の鍵を開けた。開けながら静にルインを送る。

『うちの向かい、誰か引っ越してくるっぽい』

『マジで!?』

静からの返信はすぐきた。まだ出会ってから数日しか経《た》っていないが、俺たちはすっかりルイン友達になっていた。用件も目的もない会話をだらだらと続けている。これがまあ、割と楽しかった。

『イケメンだったらいいなー』

『いや絶対美少女だって』

『なに美少女って笑』

『いや美少女は美少女だろ』

『美少女だと私とキャラ被《かぶ》っちゃうからなー』

『美少女（20）』

『うっせ』

頭を経由させず指先に任せた会話のラリー。つい口元が緩みそうになるのをぺちっと叩《たた》いて諫《いさ》める。

いやまあ、確かに美少女だと静とキャラ被っちゃうよな。調子に乗りそうだし本人には絶対言わないけど。

『私ちょっと偶然装って見てくる』

『不審者じゃん止《や》めとけって』

静は俺と違って行動派だった。俺の忠告に既読がつくことなく、五分ほどラリーが途切れる。

……まさか、本当に見に行ったのか？

どうやって偶然装うんだよ。引っ越し作業中の部屋にたまたま入ってしまう理由があるのなら是非教えて欲しい。つーか普通に邪魔になるだろ。

様子を見に行ってみようと玄関に向かったその時、スマホが音を立てた。

『めっちゃ綺麗な人だった！！！』

「マジか」

静の報告にハードボイルドな俺も流石に頬が緩む。おいおいマジか、俺の春来ちゃったこれ？

『マジで？』

『マジマジ。なんかキラキラしてた。オーラ的なのが』

『やばそう』

静だけでも俺の人生からしたら遥《はる》かに身に余る高嶺《たかね》の花《はな》っぷりだというのに、更に畳みかけてくるというのか神よ。一体いくら払えばよろしいでしょうか。

◆

「……え」

俺は固まっていた。

蛇に睨《にら》まれた蛙《かえる》のように固まっていた。

あるいは、猫に見つかった鼠《ねずみ》のように固まっていた。

いや、それよりいい表現が今この瞬間だけはある。それは何か。

──『推し』に声を掛けられたオタクのように固まっていた。

「え、は、え……？」

突然の出来事に思考が完全にショートしていた。急に目の前に現れた『推し』に、脳が急激な糖分摂取を拒んでいる。

──支倉《はせくら》ひより。

向かいに越してきた、静曰《いわ》く「キラキラしてた」女性はうちの玄関口でそう名乗った。でも俺は彼女を別の名前で知っていた。

クリーム色の長い髪。絹のような白い肌。見間違える訳がない。彼女の顔面は宝石で出来てるんだ。

「え……あの、声優の、八住ひより……さん、ですよね」

何度も詰まりながらやっと口に出来たその言葉に、彼女はぱあっと顔を綻ばせた。

「あら、知ってくれてるの？」

「あ、はい、あの、俺あの…………『ひよりん推し』なんで……ザニマスのライブも、全部、行ってて…………ドレキュアも、観《み》てます」

やばい。

マジでやばい。

心臓が口から飛び出していきそうだ。

エッテ様が、静が、隣に越してきた時とは比べ物にならない衝撃が今、俺を襲っている。

だってそうだろ!?

なんとかこっちを向いて貰おうと必死にサイリウムを振って、目線がこっち向くだけで「目が合った」なんて喜んで、手なんて振ってくれた時には一生の思い出になるような、そんな輝きの向こう側。

演者とファン。そんな圧倒的な壁の向こう側。

数万の中の一人として、名もなきモブとして見つめるしかなかったあの八住ひよりが、今目の前にいる。

つーか可愛すぎる。

なんだこれ、顔面宝石で出来てるだろ。

そりゃ勿論《もちろん》ばっちりメイクをキメたライブ中の方が輝いているけどさ、それでもそんなん関係ない。言葉に出来ないけどヤバい。『推し』が目の前にいるっていうのはそういうことなんだ。冷静に言葉なんか探せる訳がない。

「そうなんだ。嬉《うれ》しいなあ。いつも応援してくれてありがとぉ」

八住ひより、通称ひよりんは首を傾《かし》げて微笑《ほほえ》んだ。

「……アッ」

たったそれだけの事で、俺はダメになってしまった。完全にキャパオーバーだった。

「……ぬ？」

俺が頭部から煙を吹き出して案山子《かかし》みたいに直立不動の姿勢で固まっていると、間の抜けた声と共に隣の玄関が開いた。餌に首を伸ばす亀みたいに、静が顔だけを出してこちらを窺《うかが》っている。

「ああ、先程の」

どういう偶然を装ったのか分からないが、ひよりんは静にペコッと頭を下げた。「ども」と静は玄関から完全に身体《からだ》を出してこちらに歩いてくる。

「支倉ひよりと申します。これからよろしくお願いします」

「林城《りんじょう》静です。こちらこそ……と言いたい所なんですけど、実は私も最近引っ越してきたばかりなんですよね」

「あら、そうなんですか？」

「そうなんです。こっちの蒼馬《そうま》くんはもう結構長い間住んでるみたいなんですけど」

「……あ？」

名前を呼ばれ、正気に戻る。危ない、意識が飛びかけていた。

「そういえばまだ名前を聞いてなかったね。蒼馬くん、でいいのかな？」

「えっ、あっ、ハイ。天童《てんどう》蒼馬ですっ」

「天童蒼馬くんね。これからよろしくね」

「アッ、ハッ、ハイ！」

「……何故《なぜ》にタメ語だし？」

俺たちのやり取りをジト目の静が睨んでいた。湿度の高い視線がまるでビームのように俺の肌に突き刺さっている。

「えっと、私声優をやっているんですけど、蒼馬くん、私のファンらしいの。それでついこっちも砕けちゃって」

「えっ、声優⁉」

静は一昔前の漫画だったら喉ちんこまでくっきり描かれるくらいに口を大きく開けて驚いた。

まあそうなるよな。いきなり声優が引っ越して来たら驚くよな。

「え、なんて名前か聞いちゃってもいいですか？」

「八住《やすみ》ひよりっていう名前なんですけど……知ってるかな？」

「……うーん……？　聞いたことあるよーなないよーな……？」

俺と違って静は声優に詳しくないんだろう。いまいちピンときていないようだった。

「あはは、まだ有名じゃないからねえ」

「いや、そんな事は！　ひよりさん今期からドレキュアにも出てるじゃないですか！　静が無知なだけですって！」

「む、なにおう」

悲しげに笑うひよりんを見ていられなくて俺は慌てて口を挟んだ。ばっさり切り捨てられた静が不満げに頬を膨らませる。

「……蒼馬くん、やけにひよりさんの肩持つじゃん。いちおー私も『推し』なんじゃなかったのかなー」

「や、そんな事言ったって流石《さすが》に推しの声優が目の前にいるのはインパクトが違うって」

「何が違うのさ」

やいのやいの言い合う俺たちをひよりんが不思議そうに眺めていた。

「『推し』……？　静さんも何かやっているんですか？」

ひよりんのその素朴な質問に、俺たちは言い合うのを止めしばし見つめあった。俺に出来ることはない。俺は無責任ビームを静の瞳に照射した。

静は「あー」だの「えーっと」だの言って場を繋《つな》いでいたが、やがて観念したのか口を開いた。

「私、ＶＴｕｂｅｒやってるんです。バーチャリエラのアンリエッタって名前で──」

「うそっ！　エッテ様!?」

今度はひよりんが驚きの声をあげた。全身ブランドで固めたショーウィンドウのマネキンに瞳を光らせる女子高生のように、前かがみで静に身体を向ける。

「私エッテ様の配信めっちゃ観てます！　じゃあこの前のポヤング配信って、ここに引っ越した記念だったんですか？」

「あ、え……えっと、はい。そう、です……？」

静《しずか》はまさかガチの声優が自分のファンだと思わなかったんだろう。呆気《あっけ》にとられていた。

「えーどうしよう、凄《すご》い偶然。あの、良かったら仲良くして下さい」

「あ、はい。こちらこそよろしく、お願いします」

そう言って差し出されたひよりんの手を控えめに握り返す静。

いいなあ、握手出来て。

「あっ、蒼馬くんもこれからよろしくね？　それにしても、隣人さんたちがいい人そうで良かったわ」

俺の前に手は差し出されなかった。

ひよりん、ライブのＭＣやネット番組の生放送だとはきはきした喋《しゃべ》り方だけど、オフではゆったりした話し方なんだな。

こうして『リアルの推し』が隣に引っ越してきた。

◇

「…………なんだよぉ、もー」

心の中がざわざわして落ち着かない。

壁一枚隔てた自分の世界。玄関の扉に背中を預けて、私はつい甘えた声を出してしまう。

心がささくれだっている原因は分かっている。

いや、まだそうだと決まった訳ではないんだけど……もう後は自分が認めるか否かという所までは来ているみたいだった。

「……デレデレしちゃってさ。私というものがあるっていうのに」

思い出すまでもなく脳裏に焼き付いているのは……蒼馬くんの緩み切った顔。

推しの声優だか何だか知らないけど、私推しって話はどこにいっちゃったの。これじゃ一人で喜んでた私がバカみたいじゃん。

好きな人に「推しだ」って言われて、嬉しかったのに。

「……あ」

自分の中ではまだ保留中ってことにしてたのに、心は既に私の気持ちを分かっているらしかった。

「はあぁぁ……流石にチョロいよね私……」

ただ荷解《にほど》きを手伝ってくれただけなのに。

ただ部屋の片付けをしてくれただけなのに。

ただ——寂しい時傍《そば》にいてくれるだけなのに。

「……」

まだ会って数日なのに、好きだなんて言ったら重いかな？

急ぎすぎ？

でも強力なライバルの出現に私の乙女アラートはビカビカの赤色点灯。ぼーっとしてたら蒼馬くんは私の事なんか見てくれなくなっちゃう。それは嫌だ。

「……ふう」

いやいや、落ち着け私。

まだ好きだと決まった訳じゃない。

確かに？

蒼馬くんの事を考えるだけで胸が高鳴っちゃうし？

ルインの返信が来るたびに頬が緩みそうになるし？

ああもうなんだか隣に蒼馬くんが住んでるってだけで飛び跳ねたくなるほどテンション上がるけど？

まだ好きだと決まった訳じゃない。

そうだよね。うん、そうなんだよ。

都会は冷たいってさんざん言われてた所に不意打ち気味に優しくされて、乙女心にクリティカルしちゃったなんて、そんなことないんだから。

……よしよし、大丈夫。胸のドキドキが収まってきた。顔はまだ熱いけど、とにかく頭にかかってた心地の良い靄《もや》みたいなのは晴れてきた。どうしちゃってたんだろう私。なんだかおかしかったよね。

「……？」

ポン、とスマホがルインの受信を告げる。

ＶＴｕｂｅｒっていう仕事柄知り合い以上友達未満みたいな人が多くて、私のスマホは割と忙しいんだけど、それでも最近はルイン＝蒼馬くんって思っちゃうくらいには頻繁にやり取りしていた。

何故だか跳ねる胸を押さえて、私はルインを開いた。

『さっきはごめん！　ついテンションあがっちゃったけど、エッテ様も推しだから！』

「…………はぅ」

あ――――――もう！

こんなので喜ぶな私！

ときめくな胸！

さっきぞんざいに扱われたの、忘れた訳じゃないでしょ。こんなルイン一つで機嫌が直ると思ったら大間違いなんだから。これはもう罰ゲームだよ、うん。丁度家電も買い揃《そろ》えようと思っていたし。合法的に二人で出かけられるし。罰ゲームだからね。私がそうしたいって訳じゃないいんだよ？

『とても傷付きました。罰として今度買い物に付き合いなさい』

送信ボタンを押すとメッセージは私の下を離れていく。私は息をするのも忘れて返信が来るのを待った。

ほどなくして返信が来る。

「…………えへ」

……どうしよう、ルインの音が鳴るだけで嬉《うれ》しくなる身体にされちゃった。

責任取ってよね、ホント。

三章　林城静は片付けられない

「やっほー、蒼馬《そうま》くん！」

　玄関を開けると、肩出しシースルーなサマーニットにデニムパンツという健康的な出《い》で立《た》ちの静が立っていた。

　女の子と休日に待ち合わせ、という男子大学生なら垂涎《すいぜん》のシチュエーションだが、こと俺たちに限っては何の感慨もない。何故ならドアを開けたその場所が待ち合わせ場所だからだ。隣に美少女が住んでいることは果たして幸か不幸か。まあ考えるまでもなく幸だ。

「今日は何を買うんだ？」

　静の笑顔が眩《まぶ》しくて、俺はわざと靴紐《くつひも》を結び直しながら聞いた。あのまま視線を合わせていたら顔が熱くなりそうだった。

「目的は電子レンジかな。実家にいる時は気付かなかったけど、必需品だね、あれ」

「まあそうだな。寧《むし》ろよく電子レンジなしで一週間生活したわ」

「いやー、ユーバーイーツ様様って感じだよ………あとはロボット掃除機とか空気清浄機も気になってるんだよね」

「なるほど。確かにその辺りはあったら楽かもな」

うちのマンションは一人で住むには無駄に広くて、目を離すとすぐにホコリが溜《た》まるから掃除に時間が掛かるんだよな。お金があれば俺もその辺りは揃えたいと思っているんだが、なかなか手が出ないのが現実だ。

………………それにしても、軽いノリで誘われたからてっきり小物類を揃えに行くのかと思っていたけど、まさかの家電か。荷物持ちくらいなら引き受けてやろうかと思ったが電子レンジは流石に配達になると思うからお役御免かもな。

「なあ」

「ん?」

「俺、家電とかそんな詳しくないぞ? 付いて行っても役に立つとは思えないが」

いやまあ勿論《もちろん》、静と出かけられるのは楽しみなんだけどな?

それはそれとして、ただ付いて行くだけってのも居心地がよくない。荷物持ちだとか役目を与えられた方が気楽だ。だってそれがなかったら、なんだかデートみたいじゃないか。

推しと二人で出掛けるというのはあまりにもラブコメ的展開というか何というか……とにかく意識したらまともに呼吸すら出来なくなりそうだった。無事に買い物を終える為《ため》には、今だけはエッテ様の事を頭から消去する必要がある。エッテ様の事を抜きにしたって、只《ただ》でさえ静は可愛《かわい》い女の子なんだから。

「……む～」

俺の言葉を聞いて、静が頬を膨らませてジト目で俺を睨《にら》んでくる。

「なにさ、蒼馬くんは私と出掛けるのが嫌っていうの？」

「いや別に……そういう訳じゃないけどさ」

本当にそういう訳じゃないけどさ。その証拠に大学に行く時はつけないヘアワックスとかつけちゃってるけどさ。

「そもそもね、これは罰ゲームなの。蒼馬くんは黙って私に付いてくればいいんだよ。わかった？」

「……おう。了解」

「よし、じゃあしゅっぱーつ！」

元気よく歩き出す静の背中を、俺は頬の裏側を舌でつつきながら追いかけた。

◆

「沢山あってどれ買ったらいいか分からないよ～～～～！」

家電量販店の電子レンジコーナーで、静は両手で頭を抱えて叫んだ。

頭を抱える、って表現があるがそれを現実で見たのはもしかしたら初めてかもしれない。

直情的な感情表現が静の特徴だなというのは、静と知り合ってからのこの数日で感じたことだ。エッテ様の清楚《せいそ》なイメージはそこにはまったくない。

「あんさ、静はどういう機能が欲しいの」

今ドキの家電は進化していて、電子レンジといえど温めるだけが仕事ではない。パンを焼いたり魚を蒸したり、センサーで満遍なく温められたり人工知能でレシピを提案してくれたり様々だ。高いやつになると水蒸気だけで肉とか焼けるらしい。どうなってんだ。

俺が一人暮らしする時、つまり二年前に調べた時ですらそれだったから今はもっと進化しているかもしれないな。何にせよ家電はしっかり吟味して選ぶべきだ。決して見た目だけで選んだりしてはいけない。お兄さんとの約束だ。

「機能？　電子レンジって温めるだけじゃないの？」

横に並んだ俺に、静《しずか》はきょとんとした顔を晒《さら》した。

「いや、全然違うぞ。はっきり言って時代は電子レンジだけで料理が出来る所まで来てると言っていい」

「ふうん。まあでも私は温められればいいかな」

そう言うと静は電子レンジに向き直った。

静は家電にあまり頓着がないのか、並べられた電子レンジの前をゆっくりと歩いてはいるものの視線はきょろきょろと忙《せわ》しなく、詳しく性能を確認していないのは明らかだった。

「うーん、もうこれでいいかな」

「どれだ？」

「これ。このちっこいやつ」

いつの間にか電子レンジコーナーの端っこまで行っていた静に追いついてみると、静が指差していたのは料理に興味のない新大学生男子が買うような小さな単一機能電子レンジだった。お値段なんと六千円。六月だし、きっと新生活応援セットかなんかで売れなかった余りだろう。

「……静、これマジで温めることしか出来ないぞ。ワット変更もないいし」

「いいよそれで。沢山機能ついてても持て余しちゃいそうだし。料理する気もないいし」

「ん？　料理しないのか？」

こう言ったら偏見かもしれないが……静は料理上手なものだと思ってた。今風のお洒落《しゃれ》な女の子だし、映える料理でも作ってＳＮＳにアップしてそうな印象があった。

「しないというか……出来ない？　ほら、私実家暮らしだったから」

「実家暮らしでも料理出来る人は沢山いると思うけど。俺は実家でも料理してたぞ」

「うそっ!?……蒼馬くん料理出来るの？」

「まあ人並みには。一応毎日自炊してるし」

「…………」

「…………？」

会話が不自然に途切れる。不審に思い静に視線を向けると、静は何だか熱の籠った瞳で俺を見つめていた。

「……なんだよ」

「はっ!?　ごめんなんでもないなんでもない！」

静は顔を赤くして電子レンジの方へ向き直ってしまった。

「とにかくっ、電子レンジはこれにする。買ってくるからちょっと待ってて」

そう言うと静は店員を探しに行ってしまった。

何なんだ、一体。

◆

「――それでね、お母さんがしつっこいの。一人暮らしするなら一通り家事を覚えなさいって」

「普通の意見だなそれは」

「でもさ、東京だったらユーバーイーツもあるし、それ以前に普通にコンビニとかスーパーの総菜とかある訳でしょ？　料理出来なくてもいいと思うけどなあ」

「家事は料理だけじゃないからな」

空に赤みが差し始めた夕方。

俺たちは両手一杯に買い物袋を持って帰路についていた。

……結局あの後もお目当てのロボット掃除機や空気清浄機のほか、雑貨屋や生活用品店をはしごし、静はこれでもかというくらい色々なものを買っていた。初めての一人暮らしでついついテンションが上がって買いすぎてしまう気持ちはよく分かる。そしてその大半は三日後には埃《ほこり》を被《かぶ》ってるって事も。

「静お前さ、洗濯とかちゃんとやってるか？　今の時期は溜めるとヤバいぞ」

「ウッ…………」

軽い気持ちで聞いた俺の質問に、静は胸を押さえて呻《うめ》くジェスチャーをする。

え……もしかしてやってないのか？

「お前、まさか引っ越してから一度もやってないとか……言わないよな？」

「あは、あはははは…………」

静は現実から目を逸《そ》らすように天を見上げた。空はいつの間にか茜《あかね》色に染まっている。

梅雨時期には珍しい気持ちのいい空模様だ。

「静、笑い事じゃないぞ。一週間前の下着がどれだけ雑菌の温床になってると思ってる。もう想像しただけで……ブルッ」

無数に増殖し衣服を覆いつくす菌類を想像して、思わず身体《からだ》が震えた。

「ちょっと！　乙女の下着を想像しないでよ！　エッチ！　ヘンタイ！」

「乙女の下着は雑菌まみれにならねーから。いやもうちょっとマジで、今日このままお前の家行くわ」

「はッ!?　なんでよ!?」

俺の提案に静はあからさまに拒絶の意を示す。直情的な感情表現が静の特徴だ。

「どっちにしろお前ひとりじゃ電子レンジ設置出来ないだろ。あれ夕方届けてくれるって言ってたぞ。ついでに色々やべーもんがないかチェックさせて貰《もら》うわ」

「いやいやいやいや、どうして蒼馬くんにうちのチェックをされないといけないのさ」

「お隣からバイオハザード引き起こされても困るんだよ。異臭とかな」

「酷《ひど》ッ!?　流石《さすが》にそこまで酷くはないよ!?」

「現在進行形でお前ん家《ち》の洗濯カゴでは雑菌が爆発的に増えていってるけどな」

そうこう言っているうちに俺たちの住むマンション――くくりで言えば十分高級マンションに入る――に到着した。

あーだこーだ言って俺を家に入れまいとする静を華麗に無視してエレベーターに乗ると、観念したのかすごすごと静も乗ってきた。そのまま静の家の玄関前でじーっと静に視線を送ると「マジで引かないでね」と念を押した静がゆっくりと玄関の扉を開けた。

……マジで引かないでって、いったい何が出てくるんだよ。


「…………マジかよ」

リビングに続く扉を開け――俺はその惨状に絶句した。

床を埋め尽くさんばかりのゴミ。

ゴミゴミゴミゴミゴミゴミ。そして脱ぎっぱなしの衣類。

ウニクロの無地スウェット。スープの残ったカップラーメン。微妙に残ったコンビニのカフェオレ。通販サイトの段ボール。乱暴に脱ぎ散らかされた、引っ越しの時に見てしまった下着。スナック菓子の袋。空のペットボトルの群れ。見るからに不健康そうなエナジードリンクの缶の山。横になったハンバーガーショップの見慣れた袋からは黄色と白の包み紙が飛び出している。

俺たちが住んでいるマンションは高級マンションだ。リビングは一人では持て余すほど広い。けれどそんなリビングも、今では床の模様を確認する事すら難しい有様になっていた。

「お前…………」

俺は振り返り、玄関で所在なげに立ち尽くしている静に声をかけた。いや、なんて声をかければいいか思いつかなかった。静はバツが悪そうに唇を内側に巻き込んで斜め上を向いていた。

「引かないで、って言ったじゃん…………」

静は目を背けたまま、責めるように言った。

「いや、引かないでって言われても……これは無理だって」

俺は惨状を詳しく確認しようとリビングに一歩踏み出した。カラン、と軽い音を立てて何かを蹴とばしてしまう。

……それは、超激辛ポヤングの容器だった。

「これ——この前の……うっ!?」

意識した瞬間、強烈な刺激臭が鼻を襲う。数日前まで真《ま》っ新《さら》だったリビングは既に腐海に変わっていた。

「いや、やべえ。これはやばすぎる」

俺は溜まらずリビングのドアを閉め、玄関スペースに避難する。

『食ったものはすぐ片付けろ』

『洗濯物は洗濯カゴに入れろ』

『そもそもゴミを床に置くな』

そんな当たり前の言葉がいくつも喉元まで浮かんできたが、見た目は大人・生活スキルは赤ちゃんのこの美少女を目の前にして、どこから手を付ければ分からず、俺はただ黙って静を見つめることしか出来なかった。

「…………」

……静とエッテ様はイコールじゃない。

それでも、エッテ様に対しての憧れだとか尊敬だとか、そういったものが音を立てて崩れていくのが分かった。

◆

とにかく早急に手をつけねばならないことは変わらず、とりあえず俺は静を俺の自宅に押し込んだ。

両手に持っていた静の荷物をリビングのテーブルに置き、空いている椅子に静を座らせる。普段は使うことのない二人目の椅子だ。

「……キレイ、だね」

静は汚部屋、いやゴミ屋敷を見られたことが恥ずかしいのか、俯《うつむ》きがちにそう呟《つぶや》いた。

「いや、これが普通なんだ。お前ん家が異常なんだ」

「うっ……」

「静、お前実家でもああだったのか？」

「いや……お母さんが全部やってくれてたから……部屋の掃除とかも」

「……なるほどな」

つまり、手厚い母親のサポートがこのような成人モンスターを生み出してしまったという訳か。静の母親が口酸っぱく静に注意していたという話がよく分かる。まさか母親も娘がここまで何も出来ないとは思っていなかったと思うが。

「げ、幻滅したよね……あんなの見られちゃったらさ」

「………………」

静は上目遣いに俺を見る。

親に叱られている子供のようなその瞳を見て――俺はどうにも静を突き放せなくなった。

いや幻滅したのは確かだし、それこそエッテ様に対する感情は割と霧散してしまってはいるんだが、そんな氷の感情の中に「まあそういう事なら仕方ないか」という小さな灯が生まれてしまったのも事実だった。

「……幻滅はした。だけどまあ、それは俺が勝手に静《しずか》に幻想を抱いていただけとも言える。静の事なんて何も知らないのに、女子力高そうだな、なんてレッテルを貼っていた」

「………？」

静は言葉の意味が分からない、という風に目をすがめる。

「見た目が可愛《かわい》いから女子力も高いはず、って勝手に思ってたってこった。でもまあ、それはこっちの勝手な事情だよな」

「か、かわっ……!?」

静はさっきまでとは打って変わって顔を綻ばせた。なんだこいつ、状況分かってるのか？

「とにかく、これは乗りかかった船だ。俺がお前を一人で暮らせるようにしてやる」

「蒼馬《そうま》くん……！」

「その前に――まずはお前の家を綺麗《きれい》にするぞ。話はそれからだ」

静が引っ越してきたのが俺の隣で、そして仲良くなれて良かった。誰かが静を真人間にしてやらないと静は立派な汚部屋製造機になってしまうだろう。何事も、早期対処が肝要なんだ。

「ちょっと！　それ下着！　蒼馬くんのエッチ！」

「うるさい。これはただの雑菌パンツだ。そういう事は一人で洗濯が出来るようになってから言え」

脱ぎ散らかされた衣服をひょいひょいかき集めると、洗濯機の隣にポンと置かれた空の洗濯カゴにぶち込んでいく。

両手いっぱいに抱えてもその作業は一往復では終わらず、俺は三度の行き来を経て一週間分の衣服を集めることに成功した。

青、青、ピンク、ピンク、紫、オレンジ。何とは言わんが。

「静、お前下着何枚持ってんだ」

「なっ、なんでそんな事蒼馬くんに教えなきゃいけないのよっ！」

「いや……ストックがなくなったらどうするつもりだったのかと思って。まさか拾って穿《は》く気じゃなかっただろうな」

「そっ——そんなことする訳ないでしょ!?　私を何だと思ってるのよ！」

「今の所はゴミ屋敷の住人だと思ってるけど」

「うぐっ………」

言いながら俺は洗濯カゴの二倍ほどに膨れ上がった一週間分の衣類を洗濯機に流し込んだ。静の洗濯機は最新式のドラム型洗濯機で、出し入れがしやすい角度だったから作業が楽で助かった。

「……とりあえず新しいの買おうかなって思ってたわよ……。気が向いたら洗濯してみようかなって……やり方も分からないし……」

「新しいのって……マジかよ。ほら、来てみろ。洗濯なんて簡単だから。これ最新型だし」

「う、うん」

パタパタと足音が聞こえ、横に静が並ぶ。

「まずここに洗剤をセットするだろ。これは自動で洗剤を投入してくれる型だから、あとはこの画面を操作して――」

静に説明しながら、俺の中に一つの疑問が浮かんだ。それは洗濯機から顔を覗《のぞ》かせているピンクの下着に関することだ。

「……蒼馬くん？」

「悪い、ちょっと見るぞ」

俺は衣類の山から下着を抜き取ると、内側についているタグを確認した。

「ちょ、な、何まじまじ見てるのよ！　ヘンタイ！　ヘンタイ！」

「いたっ、痛いって。違うから。タグを見てんの！」

タグを確認すると、一応洗濯機でもいけるようだ。何かお洒落《しゃれ》な模様とか入ってるからもしかして手洗いオンリーかと思ったが。

「もう！　はなせっ、はなせってば！」

ぽこぽこと拳を振り回す静を適当にあしらいつつ、俺は下着を洗濯機に戻した。

「はあ……はあ……やっと離したわね……」

静は肩で息をしていた。顔も赤い。そんなに見られたくないのなら床に脱ぎ捨てるなって話だ。

「静、洗濯ネット持ってる？」

「……ネット？」

ジト目で俺を睨《にら》んでいた静は俺の言葉に首を傾《かし》げた。

「うん。多分下着はネットに入れた方がいいと思うんだよね。ないならうちから持ってくるけど」

「多分ないと思うけど……ネットってなにそれ？」

「了解。とりあえず持ってくるわ。その間に下着救出しといて。ブラジャーとショーツね」

「わ、分かった」

大きめのネットを取って戻ってくると、カラフルな下着が静の両手に抱えられていた。美少女の着用済み下着が目の前に沢山あるっていうのにまさか全く興奮しないとはな。

絶対に下着を俺に触らせまいとする静となんとか協力しネットに下着を入れ、洗濯機のフタを閉じる。

「んじゃ、あとはこのボタン押すだけ。それで乾燥までやってくれるから。ほら、押してみ」

「分かった……え、これだけでいいの？」

「乾燥機能ついてないと自分で干さないといけないけど、これはついてるからな。まあ、ドラム式はホコリ掃除が大変ってデメリットもあるけど」

「なんか……簡単だね」

静は回りだした洗濯機を興味深そうに見つめている。

その横顔を眺めながら、これで少しは真人間に近付いただろうか、近付いていたらいいな、なんて思った。

◆

「～～～～ッ、美味《おい》し～！　え、これ本当に蒼馬くんが作ったの!?」

静に洗濯を覚えさせ、その後魔界のリビング、そして腐海に沈んだ静の自室を片付け終わった頃にはすっかり夜飯時になっていた。

自分の蒔《ま》いた種というかマッチポンプというか……とにかく静が部屋を片付けるのは至極当たり前のことではあったんだが、俺は静が空のペットボトルをいそいそと拾い集め、ラベルを剝がし、中身を洗浄して逆さにし乾かす事まで覚えたことに感動し、自宅に招待したのだった。

「魚の煮つけって家で作れるものだったんだねえ……」

「別に難しくないぞ？　特別な調理器具もいらないし。今回は自分で捌《さば》いた訳じゃなくて切り身を煮ただけだしな」

「自分で捌くこともあるの？」

「たまにだけど」

「は～～……凄《すご》いなぁ」

静は満面の笑みを浮かべて俺が作ったカレイの煮付けを白米と一緒にかきこんでいる。その食べっぷりは見ているこっちが気持ちよくなるほどだった。その笑顔だけで白米が……っと、それはちょっとキモいコメントか。

「……とにかく、料理はちょっと私には無理そうだなあ。やる前から向いてないのが分かるよ」

「まあ、そうだな。料理を覚えるのは最後でいいんじゃないか。下手したらマジで死ぬし。あの部屋を見ちゃうとちょっと今の静に包丁は握らせらんねーわ」

茶色に色付いたカレイに箸を差し込む。柔らかな皮が裂け、白茶色の身が現れた。白米と一緒に口に運んで……うん、今回も美味《うま》く出来たな。失敗しなくて良かった。

美味しそうにご飯を食べている静を盗み見ながら、ふと物思いにふける。

……今日は昼から静と買い物に行って、部屋の片付けや電子レンジの設置をして、一緒に晩飯を食べて、一日中静と一緒にいる気がするな。

まさか自分がこんなリア充っぽい（実際の作業はそんな事なかったが）休日を送ることになろうとは。想像もしていなかった推しとの出会いで、灰色の日常生活も何かが変わろうとしているのかもしれない。

「……蒼馬くん、お願いがあるんだけど……」

「ん？」

少し青みがかった声色に顔を上げてみれば、静がお茶碗《ちゃわん》を片手に沈んだ顔をしていた。そういえば部屋は汚いのに箸の使い方は妙に綺麗なんだよな。そこは好印象だ。

「なに、どしたの」

「うん……えっとね…………」

静は視線を落とし、残り少なくなったカレイの煮つけをじっと見つめている。なんだ、足りないのか？

「足りないなら俺の分けてやってもいいけど」

「ううん、違うの。そうじゃなくて……あの、あのね。その……これからさ、私も一緒にご飯食べたいんだけど……ダメ、かな？」

「一緒に？　今みたいにってことか？」

「うん………」

静の様子を見るに、ただ俺の飯が美味いから、とか自分で作らなくていいから、みたいな軽い理由じゃないのは明らかだった。いやまあ美味いからっていうんなら、それはそれで嬉《うれ》しいんだけどさ。兎《と》にも角《かく》にも、静が落ち込んでる理由を聞かないことにはって感じだ。

「どうしてそうしたいのか聞いていい？　返事はそれからかな」

「分かった……えっとね、私この一週間カップラーメンとユーバーイーツで過ごして来たんだけど」

「うん」

あんだけゴミ転がってりゃそれは想像がつく。ユーバーイーツ、俺は使ったことないんだけどどれくらい高いんだろ。

「ご飯は普通に美味しいしさ、全然問題なかったんだけど……」

「……だけど？」

静は視線を上げ俺をまっすぐ見つめた。そして、切なそうにはにかんだ。

「久しぶりに手作りの料理食べたら、なんかお母さんのご飯思い出しちゃって。あはっ……子供だよね。ちょっと寂しくなっちゃった」

「………………ああ」

なるほどね。

つまり静は初めての一人暮らしにありがちなホームシックになっていると、つまりそういうことだった。

まあ一週間っていうと親元を離れた解放感も落ち着いてきて、丁度家族が恋しくなってきたりすんだよな。女の子なら余計そうかもしれない。

これは……うーん、何とも断り辛《づら》いな。

別に静《しずか》の事が嫌いな訳じゃないし、寧《むし》ろ結構好きよりだ（隣人としてな！）。

俺が静の寂しさを紛らわせてあげられるってんなら、友達としてそれくらいやってあげてもいい気がする。

——それに、自分の作った飯を誰かに「美味い」って言って貰えるのが思いのほか嬉しいって事も分かったし。

ま、決まりだな。

「あっ、勿論《もちろん》無理にとは言わない——」

「——いいぞ」

「えっ？」

断られると思っていたんだろう。静が驚きの声をあげる。

「静の分も飯作るよ。一緒に食べよう。大学あるから朝と昼は無理だけど、それでもいいなら」

「——ッ！　ホント!?　ありがとう！」

そう言って笑う静の顔を見て、俺は早くも「引き受けて良かった」と実感したのだった。

◆

「じゃあ静、もう部屋汚くすんなよ。週イチでチェック行くからそのつもりで」

「心配しなくても私はただ一人暮らしビギナーだっただけなんだからっ！　そっちこそわたっ、私の下着想像して、へへへっヘンな事しないでよねっ！」

「しねえよ。そういうのは一人で洗濯出来るようになってから言え」

とはいえ夢に出てきそうではあったが、それは黙っておく。

玄関口での会話だったが、この階には俺と静、それとひよりんしか住んでいないから、誰かに聞かれたら誤解されるようなこんな会話も安心してすることが出来る。

「夜飯のタイミングはそっちの配信の都合に合わせるから。毎日昼くらいに何時がいいか連絡して。あと食いたいもんのリクエストとかもあったら」

「わ、分かった。……本当にありがとね」

「いいって。一人分作るのも二人分作るのも変わらんし。それに料理モチベも保てるしな」

「なんのはなし？」

「!?」

突然の第三者の声に目を向ければ、仕事帰りと思《おぼ》しきひよりんがエレベーターから降りてくる所だった。

「こんばんは。今仕事終わりですか？」

「そうなの。今日はスタジオが遠くてねえ？　それで結構遅くなっちゃったの」

「あはは……大変ですね」

ひよりんの手にはコンビニの白い袋。中には縦長の缶チューハイが何本か入っている。薄い袋の生地から透けて見えているのは——アルコール度数９％の表記。酒飲み御用達《ごようたし》のストロング缶だ。

……ひよりん、お酒飲むんだな。

「それより、何か楽しそうなお話してなかった？　夜ご飯がどうとか」

ひよりんは言いながら俺と静の傍《そば》まで歩き寄ってくる。

ライブの円盤やネット配信越しでいつも見ているあの顔が今、手の触れられる所にある。その事実が身体《からだ》の芯を震わせるのだった。静も可愛《かわい》いんだけど、推し具合の差でひよりんはやっぱり輝いて見える。たとえストロングチューハイを手にしていたとしても。

推しを目の前にして震え出しそうになる身体を何とか抑え、俺は意識して自然体で振舞う。仲良くしてね、と言ってくれたひよりんの言葉を俺から壊す訳にはいかない。

「ああ——俺と静、一緒に夜飯を食べる事にしたんです。静は一人暮らししたてだし、俺自炊してるんでそれなら一緒にどうかなって流れになって」

「へえ………」

ひよりんは俺と、自宅の扉を開けた状態で固まっている静の間でゆっくりと視線を彷徨《さまよ》わせた。そして、コンビニ袋を持っていない方の手でピースをつくり、それを俺と静に合わせた。

「………二人は付き合ってるの？」

「ッ――!?　いだっ！」

静は慌てて扉に頭を打ったようで、呻《うめ》きながら患部を抑えていた。何やってんだか。

「付き合ってないですよ。まだ知り合ったばかりですしね」

「ふぅん、そうなんだ……ねえ、それって私も混ざっても大丈夫だったりする？」

「え？」

信じがたい言葉が聞こえ、俺はひよりんに視線を戻した。ひよりんは俺と目が合うと、恥ずかしそうに頬に手をやりながら小さく微笑《ほほえ》んだ。

「お恥ずかしながら、中々自炊出来る時間が取れなくて……健康とかダイエットとか、色々気を付けないといけないんだけど……ついつい……ね？」

言いながら、ひよりんはコンビニ袋を持ち上げる。さっきはお酒に目が行ってしまい気が付かなかったけど、中にはコンビニ弁当も入っていた。今日の夕食なんだろう。

「もし、私も一緒に夜ご飯を食べさせて貰《もら》えるなら凄く助かるんだけど………流石《さすが》に都合いいかな……？」

「………！」

——心臓にガソリンが注入された。

マジか。

マジかマジかマジか!?

あのひよりんと一緒にご飯を……？

しかも、俺の作ったご飯だぞ!?

それってもう、夫婦じゃん。専業主夫・天童蒼馬《てんどうそうま》爆誕じゃん。

「俺は大歓迎です。静は？」

この聞き方はちょっと卑怯《ひきょう》かなと思いつつ静に水を向けてみる。静はまだ頭をさすっていた。結構思い切りぶつけたのか？

「いたたた……なに？　みんなでご飯？　私は全然オッケーだよ……いてて」

静は頭を押さえながら縮こまらせていた上体を起こした。

「ということらしいんで。じゃあ明日から基本的にうちで夜ご飯食べるってことでいいですか？」

ひよりんは俺の言葉を聞いて、ぱあっと笑顔になった。

「ええ、本当に助かるわ。じゃあ……連絡先、教えておいた方がいいわよね？」

「れっ、連絡先ですか!?」

「ええ。仕事が長引きそうな時とか、連絡しておいた方がいいでしょう？」

「あっ、そ、そうですね。じゃあルインでいいですか？」

「構わないわ。コード表示させるから読み取ってね」

ひよりんがゆっくりとスマホを操作し、友達コードを表示させる。俺は震える手を無理やり抑えつけてそれを読み取った。

『支倉《はせくら》ひより　を友達に追加しますか？』

「……おお」

自分のルインにひよりんの名前が表示されていることがあまりにも現実感がなくて、俺はしばしスマホの画面を眺めることしか出来なかった。

……………推しの声優とプライベートで仲良くなれたらな、なんて妄想をした事がないと言えば嘘《うそ》になる。たとえ寝る前の僅かな時間の話だとしても、そういう未来を夢想して幸せに浸った事はある。そしてその相手はいつでもひよりんだったんだ。

そんな妄想が、今現実になった。

誰もいないなら裸になって踊りだしたい気分だった。このハードボイルドな俺をもってしても。

「ふふ、どうしたの蒼馬くん？」

「——はっ!?　ご、ごめんなさい、嬉しくてちょっとボーッとしてました。ファンとしての一線は越えないようにしますから！　あんまりこっちから連絡とか、しない方がいいですよね」

浮かれすぎた自分を戒めるように、ピシッと背筋を伸ばした。

……危ない所だった。ひよりんの連絡先をゲットしたのが嬉しすぎて、でしゃばった行動をしそうになっていた。

ひよりんは俺の言葉がいまいちピンときていないのか、間延びした声を出して首を傾《かし》げた。

「……んー、あのね。蒼馬くんは私のファンだけど、それと同時にマンションのお隣さんでもあるでしょ？　だから『ファンとして』なんて気にしなくていいのよ？　仲良くしましょう？　ね？」

「は——はひっ！」

——この時俺がどんな顔をしていたのか、どんな顔をひよりんに見られてしまったのか、それを自覚せずに済んだのが俺の人生で最大の幸福かもしれない。きっと、見せられないような顔になっていたはずだ。

「……ちょっとおふたりさん……私もいるんですけど……？」

地獄から鳴り響く地鳴りのような声に我に返る。

目を向ければ静がジト目、いやこれはもうジト目を通り越してネチャ目だ。ネチャ目で俺を睨《にら》んでいた。

「——あ、ああ、悪い静。じゃあ、あとでこの三人でルインのルーム作っちゃいますね」

「ええ。お願いね？」

「…………蒼馬くん、あとで説教だから」

「そんな……どうして……」

そんなこんなで、俺たちは自分たちの家に帰っていった。

それにしても……ひよりんと一緒にご飯だって。

テンション上がるぜ。

——この夜飯契約が、まさかひよりんの闇を浮き彫りにしていくなんて…………この時の俺は想像もしていなかった。

「蒼馬何見てんの？」

「ＶＴｕｂｅｒ」

「まぁたエッテ様か。好きだなー」

カレーが載ったトレイを持って隣の席に腰を下ろしたのは、同じ学部のケイスケだった。何ケイスケだったかは忘れた。平日は大体こいつと大学の学食でメシを食っている。

学食は広く、利用者は多いものの席は余りがちだ。だから俺たちはいつも決まった席でお互いを待っている。特に約束などはせず、来なかったら一人で食う。そういう緩い関係だったが、俺はこの雰囲気が嫌いじゃなかった。

「んじゃ、食うか」

俺はミーチューブを観《み》ていたスマホをしまって、無言で湯気をあげていたラーメンに箸を差し込んだ。

学食クオリティの柔らかい麺を胃に流し込んでいると、カレーをスプーンで掬《すく》いながらケイスケが口を開いた。

「知ってるか？　工学部の撃墜王、今度はテニサーの顔役フッたんだって。去年ミスターコン取った奴《やつ》」

「工学部の撃墜王？　なんだっけそれ」

「バッカ知らねえのかよおまえ、我が大学が誇るハイパー美少女だぞ!?」

「こっち向いて叫ぶな、汚え」

工学部の撃墜王……？

脳内を検索してみてもそんな人物の噂《うわさ》を聞いた記憶はない。最近の脳内メモリは林《りん》城《じょう》静《しず》と支倉ひよりという名前で一杯だった。

「そんな奴いたっけ」

「工学部一年の水瀬《みなせ》真《ま》冬《ふゆ》って聞いたことないか？　四月からうちの大学のイケてる男連中はその話題で持ち切りだぜ」

「みなせまふゆ……？」

みなせまふゆみなせまふゆみなせまふゆ……顔は思い浮かばないのに、響きは妙にしっくりくる。

「あー聞き覚えあるかも」

「流石に知ってたか。今年のミスコン確実って言われてるんだが、本人はどうもその気がないらしい。誰が話しかけてもそっけないんだと」

「まあそうなっちゃうんじゃねえの、入学早々声かけられまくってたら」

俺はラーメンを啜《すす》りながら、顔も知らぬ水瀬真冬女史に同情した。

勉学を修めに来たというのに見ず知らずの男共にしつこく声を掛けられ、挙句の果てにはミスコンだなんだと煽《あお》られれば嫌気もさすだろう。モテる奴にもモテる奴なりの悩みがあるもんだな。

大学中が惚《ほ》れたというその後輩に興味がない訳ではないが、テニサーのトップが撃沈した相手に俺がワンチャンある訳もない。俺はシュパッと水瀬真冬という名前を脳内メモリから消去した。

「あーあ俺もあと二年遅く生まれてりゃなー」

「バーカ、お前なんか相手にされねーよ。じゃ俺行くわ」

「おー、頑張れよー」

カレーを口いっぱいに頬張りながら薔薇《ばら》色の大学生活を夢想しているケイスケにツッコミをいれつつ、俺は一足先に席を立った。奴と違い俺には三限も講義がある。

必修ではないが、気になって取った『情報メディア学』という講義だ。単位に余裕が出来たから軽い気持ちで取ってみたはいいものの、これが中々面白かった。

何と言っても、授業の内容がそのまま生活で使えるのがいい。

例えば数学なんかは「積分なんか現実でいつ使うんだ」と思ってしまいがちなものだが、情報メディア学にはそれがない。授業内容はインターネットのセキュリティだったり、俺たちがいつも利用してるウェブサイトがどうやって出来ているのかだったり、ＣＧの作り方だったりと、スマホやパソコンを持っていれば多少なりとも目につく分野についての話が多い。

確かに仕組みを知らなくてもコンロで火を点《つ》けることは出来るけど、仕組みを知っていれば避けられる危機も多い。現代社会においてネット関係について詳しくなることは、他のどんな事よりも自分を助けると思うんだ。そんな訳で俺はこの授業を楽しみにしていた。

◆

決して大きくない講義室には、まばらに学生が着席している。その多くが下級生。わざわざ余計に講義を取ろうという勤勉な学生はこの大学には多くないらしい。

俺は目立たないように最後列の端っこに腰を下ろした。イヤホンをつけようとして――止《や》める。もうすぐ講義が始まる時間だった。

講義室の席は映画館のように段々になっていて、俺のいる最後列からは講義室の全てが見渡せた。ぼーっと後輩たちを眺めていると、少し前の席で談笑している二人の女子学生の会話が喧騒《けんそう》の合間を縫って耳に入った。

「まふゆー、また告られたってホント？」

「……ええ。勿論《もちろん》断ったけれど」

「まったくいつになったら学習してくれるのかねえ。まふゆには心に決めたヒトがいるって言うのにさぁー」

「別にそういう訳じゃないけれど」

髪をピンクベージュに染めたボブカットの子が元気に話を振っていて、それを黒髪ロングの子がクールに捌《さば》いている。

手持ち無沙汰の俺は聞くともなしに二人の会話で暇をつぶすことにした。

「えーでもさー前に言ってたじゃん！　初恋の人が忘れられないから誰とも付き合う気はないーって」

「そんな大仰なものでもないけれど。ただ、何となく心の中にその人がいるってだけ。小さい頃に親の転勤で引っ越してそれっきり会っていないから、失恋すら出来なかったせいかもね。何となく、今は誰とも付き合う気になれないってだけよ」

二人は恋愛について話しているようだった。

後ろからは顔が分からないが、黒髪の子はどうやらモテるらしい。けれど初恋の人が忘れられなくて、誰とも付き合う気がない。泣かせる話だ。

「まふゆって意外と乙女チックな所あるよねー。私だったらそんな十年も連絡取ってない奴なんて忘れちゃうなあ」

「……別に私も本気でその人と再会したいなんて思っていないわよ。けれどもう少しだけ、この想《おも》いを大切にしておきたいの」

俺は黒髪ロングの子の、そのクールな雰囲気からは想像も付かない一途《いちず》な想いに涙を流しそうになっていた。

なんていい子なんだ。こんな純粋な乙女の想いが成就されないなんてことが果たしてあっていいのか。

この子の想い人、今すぐ会いに来てやれ。

マジで。

「ヨヨヨ……泣かせるねい……あ、でもさ。今だったらインスダとかフェイスボックで名前検索したら出てくるんじゃない？　検索してみた？」

「そういうの詳しくなくてやっていないのよ。それって、名前だけで彼の事出てくるの？」

「んー、分かんないけど。今ドキの人だったら登録してる可能性は高いと思うよ？　その人の名前教えてみ？」

流石《さすが》は情報メディア学の受講生。確かにSNSを利用すれば名前しか知らない相手の情報を知ることが出来るかもしれない。

個人情報保護的にはそれがいい事なのか悪い事なのかは分からないが、とにかく今、一人の乙女の初恋が前に進もうとしている。だからきっといい事だ。

グッジョブインスダ。

グッジョブフェイスボック。

黒髪ロングの子は何度か頭を振って言うか言うまいか悩んでいたが、意を決してピンクベージュの子に視線を合わせた。

「えっと……てんどうそうま。天国の天に児童の童、難しい方の蒼《あお》に馬で天童蒼馬《てんどうそうま》だったはず」

「…………………え、俺？」

「――――ッ!?」

俺の言葉に黒髪ロングの子が勢いよく後ろを振り向いた。数瞬視線を彷徨《さまよ》わせて――俺で焦点が結ばれる。精巧な氷像を思わせる整った顔が、驚きの表情で固まった。

「え、待ってまふゆ、あの人なの!?」

ピンクベージュの子が興奮した様子で黒髪ロングの子に話しかけているが、黒髪ロングの子は答えない。代わりに懐かしい名前を口にした。

「……お兄ちゃん…………？」

「…………あ」

その呼び方を聞いた瞬間――――忘れていた記憶が濁流のように頭に流れ込んでくる。

「まふゆちゃん……？」

――まふゆちゃんは、俺が小学生の時仲が良かった近所の子だ。

そもそもは親同士が仲が良かった。それで俺はよく親のお茶会がてら向こうの家に連れていかれて、そこでまふゆちゃんとも仲良くなったんだ。

まふゆちゃんは人見知りですぐお母さんの後ろに隠れてしまうから、最初はなかなか会話が続かなかったけれど、何度か行くうちに少しずつ遊んでくれるようになったんだよな。

まふゆちゃんがインドア系の遊びばかりやっているのを心配した向こうのお母さんに頼まれて外での遊びを教えてあげたりもしたっけ。

その頃には俺の事を「お兄ちゃん」と呼んでくれるようになって、俺はすぐ後ろをぴょこぴょこ付いてくるまふゆちゃんの事を本当の妹のように可愛《かわい》がっていた。

けれど、ある日突然まふゆちゃんはいなくなってしまった。後になって、転勤で引っ越したと親に教えられた。ショックを受けると思って敢《あ》えて伝えなかったらしいが、その判断が良かったのかどうかは俺には分からない。

その後すぐ俺は中学に上がり、新しい人間関係に馴染《なじ》むのに必死でまふゆちゃんの事は割とすぐ忘れてしまった。残酷な話だが。

そんなまふゆちゃんの苗字《みようじ》は確か――

「――水瀬真冬ちゃん。だから聞き覚えあったのか。久しぶり、元気してた？」

俺の呼びかけに真冬ちゃんはその綺麗《きれい》な目を大きく見開いた。口がゆっくりと動くが、結局は何の音も発さなかった。傍目《はため》でも頭がパンクしているのが分かった。

「え、マジ？　リアル初恋の人？　え、やばいやばいやばい！　まふゆっ、いいから話してきなって！　私は消えるから！」

ピンクベージュの子がぐいぐいと真冬ちゃんの背中を押して、俺の下まで届けに来る。

「じゃ、あとよろしくお願いします！」

そう言うとピンクベージュの子は急いで前の方の席に移動してしまった。あとには俺と真冬ちゃんだけが残された。

◆

「……ごめんなさい。少し冷静になる時間を下さい」

「うん。ゆっくりでいいよ」

どこそこの携帯電話のシステム立ち上げに深くかかわったという教授の講義を聞きながら、俺は美少女と隣り合って座っていた。

「…………」

一番後ろの席に座っているせいで、決して多くない受講生の様子がよく分かる。

そわそわしている男子共の視線やひそひそ話を聞く限り、皆一様に俺たちの事を意識しているようだった。それはきっと真冬ちゃんのせいだろう。

事実だけを並べるなら……俺は今大学中で話題になっている美少女と一緒に講義を受けているのだから。

「…………」

「…………」

むず痒《がゆ》い静寂が俺たちの間に横たわっている。俺はそんな痛し痒しな感覚の中で「まさかまふゆちゃんと並んで講義を受けることがあるなんてなあ」と感慨にふけっていた。

あの小さくて泣き虫だったまふゆちゃんが、今や立派な大人の女性になっている。それも強烈なクールビューティーのオーラを纏《まと》って。誰が呼んだか『工学部の撃墜王』。時間が経《た》つのは本当に速い。

「……お兄ちゃん、は流石に恥ずかしいので。人前では蒼馬くんって呼んでもいいですか」

「うん。俺は真冬《まふゆ》ちゃんって呼ぶね。というか、タメ語でいいよ。昔みたいにさ」

十年振りの再会。お互い探り探りに言葉を交換しつつ、俺は真冬ちゃんの言い方が気になっていた。

人前では蒼馬くんって呼んでもいいですか。

それではまるで人前でなければ「お兄ちゃん」と呼ぶ用意があるような言いぐさではないか。まあ言い間違いというか言葉の綾《あや》だと思うが。

怜悧《れいり》な雰囲気の真冬ちゃんが誰かを甘い声で「お兄ちゃん」と呼ぶ姿は流石に想像出来ないしな。

「えっと……蒼馬くん。蒼馬くんが同じ大学だなんて思わなかった」

「俺もだよ。というかめちゃくちゃびっくりしてる。記憶の中ではほら、小さいままだったから」

「それは……うん。私も割と戸惑ってる。距離感が摑《つか》めない感じ」

真冬ちゃんはちらっと横目で俺を盗み見た。俺も真冬ちゃんをちらちら見ていたからそれが分かった。そうやってお互いに無言の探り合いを繰り返す。

真冬ちゃんの気持ちは手に取るように分かった。向こうもきっと同じだろう。

確かに俺たちは昔は兄妹のように仲が良かったけど、思春期の十年というのは、大学生にとっては圧倒的なまでに人生そのものだ。俺たちはもうそれぞれ、自分なりの価値観や交友関係を築いてしまっている。そこに「昔仲が良かったから」という一点だけで家族のように振舞う事はかなりの違和感が伴ってしまうんだ。そうしたい、という気持ちをお互いが持っていたとしても。

「まあ……お互い色々大人になったってことかもな。それはそれとして再会出来た事は嬉《うれ》しいよ。元気にしてるかなって気になってはいたから」

実は中学に上がる頃には真冬ちゃんの事を思い出す事はなくなっていたんだけど、わざわざ本当の事を言う必要はない。俺たちは大人になったし、大人は優しい嘘《うそ》をつく生き物なんだ。

「気にしててくれたんだ……あのね、私も蒼馬くんの事、ずっと覚えてたよ」

アプリケーション層、ネットワーク層、トランスポート層……教授が口にする聞き覚えのない単語をノートに書き写しながら、俺は頬に刺さる視線を感じていた。只《ただ》の視線じゃない、妙に熱の籠った視線だ。

「蒼馬くん、さっきの話……聞いてたよね？」

「…………まあ」
さっきの話。
告白。初恋。天童蒼馬。
忘れられるはずもない。あれはもう殆《ほとん》ど告白に近かった。まさか自分に向けられている
ものだとは思わなかったが。
「あの話……本当だから。こうして再会出来たから言うけど、私……ずっと蒼馬くんの事
が忘れられなかった。だから……あの…………」
セッション層、データリンク層…………俺は意識的に手を動かした。そうしないと緊張
でどうにかなってしまいそうだった。
「もし彼女とかいないなら、また昔みたいに……可愛がって欲しいな、なんて……思うん、
だけれど」
流石に恥ずかしかったんだろう。言葉は途切れ途切れで、最後の方は消え入りそうな声
になっていた。俺も赤くなってると思うが、ノートから視線を上げれば真冬ちゃんはそれ
以上だった。
「…………」
もし彼女がいないなら。
真冬ちゃんはそう言った。
いるかいないかで言えば勿論《もちろん》いない。ただ、気になっている人はいた。

エッテ様と八住《やすみ》ひより。

いわゆる『推し』だ。

……いや、待て。聞いてくれ。

別に俺は『推し』に恋愛感情を向ける厄介オタクじゃないぞ。

確かにライブでダンスを踊っているひよりんを見て「脚えっろ」とか「顔面宝石かよ」とか思ったりもするけど、ギリギリ恋愛感情じゃないからな。妄想したことはあるが、所詮妄想どまりなのは重々承知している。そりゃ付き合えるなら付き合いたいけど、大人は現実を見る生き物なんだ。

エッテ様にしたってそうだ。『推し』というのはどこまで行っても『推し』でしかなく、只のファンである俺が人気リアルで知り合う事なんて出来る訳がない。その辺りを変に勘違いしてしまうと『推し』に迷惑がかかってしまう可能性だってある。『推し活』は用法用量を守って、正しい節度で行うことが大切なんだ。

——と、この前まではそう思っていた。二人が引っ越してくるまでは。

そう、何という奇跡か、俺は二人の『推し』とリアルで知り合っていた。スマホを見ればエッテ様とひよりんの連絡先が入っているし、何なら一緒に晩御飯すら食べている。これはもう厄介オタクの妄想という範疇《はんちゅう》を軽く超越しているだろう。勿論二人が俺に対して恋愛感情を向けている、なんて事はないだろうけど、少なくとも現状なかなか友好的な関係を築いていることは確か。ぶっちゃけてしまえばワンチャンあるかもしれない。

そういう訳で、真冬ちゃんからのお願いに対し俺は即答する事が出来ずにいた。

「…………」

真冬ちゃんが不安そうに俺の顔を覗《のぞ》き込む。まるで美術品のように整った顔が近付いて、俺は思わず呼吸が止まった。アイドルやモデルでもここまで綺麗な人はそうそういないんじゃないだろうか。大学中の男子が夢中になるのも頷《うなず》ける。

……そんな子が俺と仲良くしたいと言っている。

断れますよ、って自信がある人いたら至急俺に連絡をくれ。

「こちらこそ、前みたいに兄貴だと思ってくれたら嬉しい。またよろしくね真冬ちゃん」

卑怯《ひきょう》な言い方なのは自覚していたが、それでも真冬ちゃんは笑ってくれた。

すっかり見違えたけど、笑顔だけは昔のままだった。

五章　支倉ひよりは覚えてない

「なあおい、知ってるか!?　工学部の撃墜王がついに撃墜されたんだって！」

「ん？　あ～……そうらしいな」

いつものように学食でケイスケを待ちながら「そろそろ先に食っちまうか」と考えていた所、カレーをトレイに載せたケイスケが向かいの席に身体《からだ》を滑り込ませながら食い気味に話しかけて来た。

工学部の撃墜王というのは、この二か月うちの大学を震撼《しんかん》させている（らしい）美少女新入生の事だ。フッた人間は既に両手の指にのぼる（らしい）。工学部在籍だから工学部の撃墜王。安直なネーミングだ。

「そうらしいな、ってお前気にならないのかよ？　テニサーの王子様ですらフラれたんだぞ？」

「いや別に……元々関係ないだろ俺たちなんて」

やや伸び始めたラーメンに箸を差し入れながら、俺は興味のないふりをした。

「いやまあそうだけどさあ。あんな綺麗な子を落としたのが一体どんな奴《やつ》なのか、単純に気になるだろ」

言いながらケイスケは大口を開けてカレーをエネルギーに変換していく。それを眺めながら、まあ少なくともそんながっつきながらカレーをかきこむ奴に真冬ちゃんは靡《なび》かないだろ、なんて考えてしまった。

……そう。

大学中の視線を一身に集めていると噂《うわさ》の工学部の撃墜王、本名・水瀬《みなせ》真冬は俺の幼馴染《おさななじみ》だった。俺はこの前、約十年振りにこの大学で彼女と再会を果たしていた。工学部の撃墜王が撃墜された、という噂は恐らく俺の事だろう。この前授業で一緒に話した所を結構色々な人に見られていたからな。

因《ちな》みに付き合っているとかそういう事は一切ない。工学部の撃墜王は未《いま》だそのボディに一つのかすり傷も負っていないいんだ。

「まあ綺麗《きれい》さっぱり忘れろって。メンマやるからさ」

「いらねーよ。合わねーだろメンマとカレーは」

言いながらメンマを一つ掬《すく》い取り、茶色の海に着水させる。ケイスケは不満げにそれを口にし、「あれ、意外といけるぞ」なんて驚いていた。そんな平和な日常。

「――蒼馬《そうま》くん」

「ん？」

ふいに名前を呼ばれ横を向くと、そこには噂の工学部の撃墜王、本学の男子の視線を一身に集める新入生、次期ミスコン優勝当確者、氷の女王、その名も水瀬真冬・工学部一年生がA定食をトレイに載せて立っていた。

「——真冬ちゃん。学食で見るの珍しいね。というか見た事ない気がする」

「蒼馬くん、学食で食べてるってこの前言ってたから来てみたんだけど……迷惑だった？」

真冬ちゃんはちらっとケイスケの方を見た。俺とケイスケが話していた所に割り込んでしまった、と気にしているんだろう。因みにそのケイスケは噂していた人物が話しかけて来たもんだから、スプーンを片手に大口を開けて固まっている。汚いから口を閉じろ。

「いや全然。こいつは気にしなくていいから。ほら座って」

「ありがとう」

隣の席の椅子を引くと、真冬ちゃんは音を立てずにその細い身体を隙間に滑り込ませた。

「学食は初めて？」

「うん。いつもはアリサと外で食べてるから」

「アリサ？」

「ほら、この前授業で一緒にいた子」

「ああ、あの元気な子ね」

この前の授業を思い出す。真冬ちゃんをぐいぐいと俺の前に引っ張ってきたピンクベージュの髪の子だ。お昼も一緒に食べてるってことは仲いいんだな。

「今日はアリサちゃんはいいの？」

「それが、『蒼馬くんとご飯食べてこい』って聞かなくて」

「あはは、何か目に浮かぶよ」

真冬《まふゆ》ちゃんと話しながら——妙な気配を感じて周囲に目をやる。『どういうことだ、説明しろ』そんな言葉を視線に乗せながら、俺を思いっきり睨《にら》んでいる目の前のケイスケじゃない。

周囲を見渡してみれば、妙な気配の正体はすぐに分かった。

周りの男連中がみんなこっちを見ていたのだ。ある者はおもいっきり、ある者はちらちらと控えめに、けれど全員がこちらを意識しているのは明白だった。「殺すぞ」みたいな目でこちらを見ている奴もいる。

「ちょ、ちょ、ちょ、ちょっと蒼馬サン……？　そちらの方は……？」

ケイスケが奇妙な言葉遣いと、驚きと困惑と喜びがないまぜになったような奇妙な顔で会話に割り込んできた。

……バレてしまっては言わざるを得ないか。騒がれたら困るから真冬ちゃんとの事は秘密にしようと思っていたんだが。

「工学部一年生の水瀬真冬ちゃん。俺の幼馴染。真冬ちゃん、こいつは経済学部三年のケイスケ。何ケイスケだったかは忘れた。俺の友達……のような何か」

真冬ちゃんは俺の言葉を聞くと、ケイスケの方を向いてぺこっと頭を下げた。

「水瀬真冬です。蒼馬くんがいつもお世話になってます」

「いや、全然世話になってねーから。世話してるのは俺の方ね」

「そうなの？」

「そうそう。さっきもメンマ分けてやったところ」

「あ……え……？」

ケイスケは真冬ちゃんの挨拶にそんな微妙な困惑声を返した。

「え、工学部の……撃墜王……？」

そう言ってプルプルと震える指で真冬ちゃんを指差すケイスケ。

「あー、なんかそういうあだ名ついちゃってるんだって。知ってた？」

「一応は……あまりいい気はしないんだけれど」

「まあそうだよな。他所《よそ》で勝手に呼ばれるのも気味悪いよな。つーわけでケイスケ、今後その呼び方は禁止な」

「え、あ、おう……え、じゃあ水瀬さん……でいいかな……？」

「はい。よろしくお願いします」

そうして妙にギクシャクした空気で（ギクシャクしているのはケイスケだけだが）昼飯を食べていると、スマホが音を立てた。

『今日の帰宅は八時になりそうかも。遅かったら先に食べちゃって』

『私は何時でもいいよー。配信十時からだから』

『配信するんだ。楽しみにしてるね～』

ひよりんの帰宅時間報告に、静《しずか》がすぐ返している。

ルームの名前は『蒼馬会』。

　最初は適当な名前にしていたんだが、静によって変えられてしまった。字面だけ見たらどこかのおっかない事務所みたいだ。

『推し』同士の会話を頬を緩ませながら眺めつつ、返信を打ち込んでいく。

『じゃあ今日は八時からで。リクエストある？　なければ広告に鶏もも肉載ってたから唐揚げの予定』

『唐揚げさんせーい！　私レモン汁派だから！』

『お酒のつまみになるわね。私も唐揚げがいいな』

『はーい。レモン汁は買っとく』

　二人からは食費として充分な金額を受け取っているから、出来るだけリクエストには応えてあげたい今日この頃。

「蒼馬くん、どうしたの？」

「ん？」

　呼ばれて顔を上げてみれば、隣に座っている真冬ちゃんが俺の表情を覗き込むようにしていた。

　彫刻みたいに整った顔が急に近付いていて、胸が跳ねる。

「あ、ああ、マンションの隣人たちで作ったルインのルームがあってさ。それを眺めてたんだ」

「楽しそうにしてた……女の子？」

「……まあ、うん。一応」

「……ふうん」

真冬ちゃんはそれっきりA定食を食べる作業に戻ってしまった。

「なんだ蒼馬。お前、水瀬さんというものがありながら他の女とよろしくやってんのかよ」

「よろしくはやってない。それに、真冬ちゃんは妹みたいなものだから」

「妹みたいなものって、それ妹ではないんだろ？　つかお前、マンション一人で寂しいーって言ってなかった？」

「それが最近二人引っ越して来たんだよ。んで、何か成り行きで俺が夜飯担当になったの」

「夜飯担当？」

「毎日俺ん家に集まって夜飯食べんの。二人共自炊してないから、まあなんつーか……俺が母親代わりみたいな？」

俺の言葉にケイスケはわざとらしくギョッとした表情を浮かべた。

「なんだそれ、ほぼ同棲《どうせい》じゃん！　しかも女二人？　爛《ただ》れてそー」

「爛れてねえよ。夜飯食うだけだぞ。つーか二人とも最近知り合ったばっかだし」

「いやいや、絶対お前に気あるって。どんな子なの？　写真ある？」

ケイスケはすっかり俺の隣人事情に興味深々の様子で、カレーを食べる手が止まっていた。

真冬ちゃんはA定食に向かいながらも、ちらちらと俺の方を見ている。聞いてないように見えて俺の話を聞いているようだった。

「写真はない。つーか俺に気があるってのもないな。二人とも俺みたいなのと付き合うような感じじゃないし。ちょーリア充っぽい」

ひよりんに関してはネットで検索すればいくらでも写真が出てくるし、静に関してもエッテ様ならミーチューブを開けばいくらでも出てくるんだが、勿論《もちろん》そんな事を言える訳もなく、俺はそう答える事しか出来なかった。

「ふーん。俺も蒼馬ん家に飯食いにいこっかなあ」

「お前来ても食わせねえよ。何で男に飯作らなあかんのや――」


「――じゃあ私は？」


「え？」

まさかの割り込みに間の抜けた声を出してしまう。

「私も蒼馬くんのご飯……食べてみたいんだけど」

真冬ちゃんがそのガラス細工みたいな綺麗な瞳で、まっすぐ俺を見据えていた。

◆

「予定とか大丈夫だったの？」

「うん。今日は帰るだけだったから」

「そか。ごめんね、買い物に付き合わせちゃって」

「ううん。私もお兄ちゃんと話したかったから」

「…………え？」

お、おおお、お兄ちゃん!?

真冬ちゃん、今あなた俺のこと『お兄ちゃん』って呼びませんでした!?

こてん、と首を傾《かし》げて上目遣いに俺を見る真冬ちゃんを前に、俺は首をコクコク縦に振ることしか出来なかった。

「……ダメ？」

「い、いや。全然、ダメジャナイ」

「良かった。二人きりの時はお兄ちゃんって呼ばせてね」

「ウ、ウン」

自宅最寄りのスーパーの精肉コーナーを二人で歩きながら、俺の頭は真っ白になる。

あれなんで精肉コーナーにいるんだっけ。

何買いに来たんだっけ。

マジで分からん。

「お兄ちゃん、鶏肉《とりにく》買いに来たんじゃないの？　通り過ぎちゃったよ」

「あ、ああ、ああそうだった。鶏肉だ。すまんぼーっとしてた」

「まったくもう、しっかりしてよね」

「ごめん……」

俺がしっかり出来ないのは真冬ちゃん……あなたのせいなんですけど!?

「もも肉が安いって言ってたよね。これでいい？」

「あ、うん、これこれ。ありがとう真冬ちゃん」

真冬ちゃんが持ってきてくれたもも肉をカゴに入れながら……ふと考える。

女の子だったらもも肉よりむね肉の方が良かったりするのかな。

……むね肉の方がヘルシーなんだよな。つーか皆どれくらい食べるのか分かんないや。

「真冬ちゃんってどれくらい食べるの？　これくらいの唐揚げだとして」

指である程度の大きさを示し、真冬ちゃんに見せる。

「えっと……うーん、五個くらいかなあ。でもお兄ちゃんの作ってくれたご飯ならいくらでも食べられちゃうかも」

「そ、そっか」

ダメだ……人が変わったように甘えてくる真冬ちゃんに、脳みそがかき乱されそうだ。

心臓も壊れたみたいにうるさい。

静まってくれ、マジで。

とりあえず真冬ちゃんが五個くらいだとして、静はあのゴミの量を見るに普通に食べるはずだろ。ポヤングもめっちゃ勢いよく完食してたし。俺と同じくらい食べると考えて良さそうだ。

ひよりんは……どうなんだろう。酒飲みっぽいから、割と食べるのかな？

唐揚げだったら結構売れそうな気もする。

俺が作る唐揚げは女の子でも一口で食べられるくらいの小さめサイズだし、三十個くらいあっても大丈夫かな。余ったら明日の朝食べればいいし。

「真冬ちゃん、もも肉もう一パック取って貰ってもいい？」

「うん、分かった……何だか楽しいね、こういうの」

「……そうだね」

大学では決して見せないような笑顔の真冬ちゃんに、困惑しながらも何とか笑顔を返しながら、俺たちは買い物を続けた。

◆

「……お邪魔します」

「いらっしゃい。適当に寛《くつろ》いでくれればいいから」

真冬《まふゆ》ちゃんはキョロキョロとリビングを見渡したあと、中央に鎮座している四人掛けのテーブルに座った。

「これ、なんで四人掛けなの？　お兄ちゃん、一人暮らしなんだよね？」

「あーそれな……両親が置いてったんだよ。頻繁に様子見に来る予定だったんだろ。心配すんなって強く言ったら来なくなったけど」

「ふふ。お母さん、元気？」

真冬ちゃんは昔を思い出すように柔らかい笑顔を浮かべた。因《ちな》みに真冬ちゃんと再会したことを母親に知らせた所「何かあったら助けてあげなさいよ」と返ってきた。言われなくてもそのつもりだ。

「元気元気。元気すぎて困るくらい。めっちゃ過保護だし。このマンションも親に決められたんだよね。セキュリティがしっかりしてるからってさ。俺はもっと大学に近い所が良かったんだけど」

高い家賃のせいで最近までご近所付き合いもほとんどなかったしな。

「ここ、立派なマンションだよね。びっくりしちゃった」

「一人暮らしの大学生なんてワンルームで十分だっつったんだけどな。おかげで広すぎて持て余してるよ」

なんせ２ＬＤＫだ。夫婦と子供まで住めるぞ。彼女が出来る予定も子供を作る予定もないけれども。

「そうなんだ……お友達って二人だっけ？」

「そ。隣とお向かいさん。斜め前は空き戸だから」

「ふうん……」

背中に真冬ちゃんの声を受けながら唐揚げの準備を進める。といってもやることは単純だ。

一口大に切ったもも肉をボウルに入れ、そこに塩、コショウ、醤油《しょうゆ》、ニンニク、酒、ごま油などを入れていく。少し違うのは卵の代わりにマヨネーズを入れる事くらいか。

テレビで料理人がマヨネーズ入れてて、「これだ！」って思ったんだよな。

これは唐揚げあるあるだと思うんだけど、よくある唐揚げのレシピだと『卵　2分の1』って書いてあって「いやいや残りの半分どないすんねん」ってなるんだよな。その問題がマヨネーズに変えることで解決した。あれは革命だったな。

そしたらあとは揉《も》んで漬けて、片栗粉《かたくりこ》とコーンスターチを混ぜたものにまぶして揚げるだけだ。

マジで簡単。唐揚げは油の処理が面倒なくらいしかデメリットがなくて、俺は割とよく作る。

「食ってる最中に第二陣が揚がるようにした方がいいか。女の子なら食べるスピードもそんな速くないだろうし」

頭の中でタイムラインを組み立てつつ、作業を続ける。時計を確認したら七時丁度。まだ割と余裕があるな。

「真冬ちゃん暇してない？」

「ひゃいっ！……ごほん。大丈夫」

俺の背中を見ていたっぽい真冬ちゃんは急に話しかけられてびっくりしたのか、素っ頓狂な声をあげて身体《からだ》を強張《こわば》らせた。

エプロンを外しながらリビングに戻り、真冬ちゃんの隣に腰を下ろす。真冬ちゃんがちらっとテーブルに置いたエプロンを盗み見た。男のエプロン姿が珍しいのかな。

「ごめんね、折角来てくれたのに放置しちゃって」

「私こそ、手伝えなくてごめんなさい」

家に帰る道すがら聞いてみたんだが、真冬ちゃんも料理が得意ではないらしい。自炊したいと思ってはいるものの、大学生活がバタバタしてあまり出来ていないのが現状とのこと。

いやー分かる分かる。自炊するぞーって意気込んだはいいものの、最初の数か月は全然手に付かないんだよな。料理はいいんだが洗い物が面倒でさ。慣れてくると時短出来るから苦じゃなくなるんだが。

「一人で作るの慣れてるから気にしないで。自分が作った料理の意見が聞けるだけで貴重だからさ」

因みに蒼馬《そうま》会のルインで「後輩ひとり連れてっていいか」と聞いたら二人とも快く了承してくれた。

女だって言ったら静《しずか》から個別ルインで「随分おモテになりますねえ」と意味の分からないメッセージが来たけど、そういえばあれ返信してないな。

「……？　来たのかな、まだ早いけど」

今からでも適当に返信しとこうか、とスマホを取り出したのと同じタイミングでインターホンが鳴る。カメラに映っているのはそわそわとウェーブがかった髪の毛先を気にしている静の姿だった。

「お隣さん来たっぽい。ちょっと開けてくるね」

「うん、分かった」

リビングを出て玄関の鍵を開けると、しゅばっと毛先から手を降ろした静が立っていた。めっちゃ身だしなみ気をつけてたのカメラで丸見えだったけど、伝えた方がいいんだろうか。

静は俺の顔を見るなり、むかつく煽《あお》り顔を浮かべた。

「随分おモテになりますねえ？」

「お前に食わせる唐揚げはねえよ」

バタン。

扉を閉じると、外からバンバンと扉を叩《たた》かれる。

「おい、開けろー！　諭吉払っただろ！　唐揚げ食わせろよー！　頼むよ〜〜……！」

「愉快な人だね」

いつの間にか玄関にやってきていた真冬ちゃんが玄関を向いてぼそっと呟《つぶや》いた。

うん、俺もそう思う。

◆

「初めまして。蒼馬くんの妹の水瀬《みなせ》真冬と申します」

「えっ……？」

無用の長物だった我が家の四人掛けのテーブルに、初めて三人が腰を下ろした。

俺の隣に真冬ちゃん、その向かいに静が座っている。

真冬ちゃんの紹介を受けて、静は頭にハテナを浮かべながら俺と真冬ちゃんの顔を交互に見比べている。

「えっ、兄妹……？　でも苗字《みょうじ》……あっ、コレ触れない方がいいやつか……ぜ、全然顔似てないね」

静は困惑しながらも、何とか愛想笑いを浮かべた。

「そりゃそうだ。兄妹じゃないからな」

「はえ？」

　静は訳が分からないというように間抜けな顔を浮かべた。

「血は繋《つな》がってないんです。なので苗字も違うんです」

「ちょ、真冬ちゃん、ややこしくしないで」

　真顔でトンデモな事を話す真冬ちゃんの暴走を何とか止める。

　……真冬ちゃん、大学の印象だとクールビューティなイメージだったけど、さっきのスーパーでの態度といい今といい、実は結構アレな子に育ったのかもしれないな……。

「真冬ちゃんは俺の幼馴染《おさななじみ》なんだ。この前十年振りくらいに大学で再会してさ。またこうして話すようになったんだよ」

「本当のお兄ちゃんのように慕っていました」

　補足です、というように付け加える真冬ちゃん。クールな見た目と真面目な素振りで変な事を言うもんだから、静が若干引き気味だ。

「そ、そうなんだ……じゃあ、私はお姉ちゃん……ってことになるのかな？」

「…………は？」

　真っ新《まさら》な雪原のような真冬ちゃんの眉間にピキッ、と皺《しわ》が寄った。

「ご、ごめん冗談冗談！　えっと私は林城《りんじょう》　静っていうの。歳《とし》は二十歳。よっ、よろしくね？」

　震えながら真冬ちゃんに向かって手を差し出す静。

　真冬ちゃんはその手を真顔でじっ……と見つめていたが、ゆっくりと握り返した。

「…………」

……なに、この空気？

真冬ちゃんはしっかりしてるから大丈夫だろうと思って連れて来たけど、もしかしてやってしまったか？

◆

「うっし、そろそろ揚げ始めるか。静、ひよりさん何か言ってた？」

「あ、もうすぐ着くって丁度返信来たよ」

「了解」

気合を入れてエプロンを締めなおす。八時まであと十五分、丁度いい時間だ。

「……？　なに？」

エプロンを締めると、真冬ちゃんと静がこっちを注視してきた。

「んにゃ、いやいや何でもないよ？　どうぞじゃんじゃんお揚げになってくださいな」

「楽しみにしてるね」

「あっ、そう……」

首を傾《かし》げつつキッチンに向かう。

……もしかしてこのエプロン似合ってないのかな。誰にも見せないだろと思って適当に花柄のやつ買っちゃたのがミスだったか。

「蒼馬くんのエプロン姿……萌《も》え………」

「ちょっと、私の兄に勝手に萌えないで頂けますか？」

「なんだよぅ、血は繋がってないんだろぉ」

リビングからは何やら仲の良さそうな二人の話し声が聞こえてくる。

相性悪いのかな、なんて一瞬不安になったけどそんなことなくて良かった。

「よーし、揚げるぜえ」

漬けておいたもも肉に粉をまぶし、中温の油に投入する。

その後一旦上げ、高温の油で揚げなおすのがジューシーに揚げるコツだ。

「蒼馬くん、ひよりさん着いたって。開けてくるね」

「おう、頼んだ」

ジュワジュワジュワ……という肉が揚がる音の合間を縫って聞こえてくる静の声に返事をする。

ややあって二人分の足音が帰ってきた。

「…………」

本物のアイドル声優が、俺の家に。この感覚に慣れるのにはまだまだ時間が掛かりそうだ。背中でひよりんの気配を感じながら、俺は身体を強張らせた。

……いかんいかん、揚げ物に集中しなければ。

い所だった。

「あっ、はい！　空いてる所座っちゃってください！」

ひよりんの声に、唐揚げを取り出す箸がびくっと震えてしまい落としそうになる。危な

「………………」

ミスしないように無心で唐揚げを金網にあげていき、油の温度を上げ、また投入する。

油の音でよく聞こえないが、リビングからは楽しそうな三人の声が聞こえて来た。

「初めまして。蒼馬くんの妹の水瀬真冬《まふゆ》と申します」

「あら、蒼馬くん妹がいたの？」

「いやいや、それ嘘《うそ》ですよ。妹みたいな存在らしいです」

「ちょっと。混ざってこないで下さい」

「なにおう。年下の癖に生意気なヤツ」

「ふふ、二人ともう仲良しさんになったのね」

うーん、よく聞こえないけど、とりあえず盛り上がってるっぽい。

静もひよりんも人前に出る仕事だけあって、初対面の人と仲良くするスキルに長《た》けてい

そうなのは安心ポイントだ。いつの間にか静に対するひよりんの口調も砕けていたし。こ

の雰囲気なら真冬ちゃんを任せても大丈夫そうだな。

「うし、揚がった」

ひょいひょいっと唐揚げを皿の上に取り出していく。

とりあえずは半分の十五個。少ししたら第二陣に取り掛かろう。

「皆お待たせ、唐揚げの到着だぞー、第二陣あるから量は心配しないでくれ」

皿を持ってリビングに戻ると、ひよりんと目が合った。

ひよりんは俺の視線に気が付くと、にっこりと笑った。

「蒼馬くん、エプロン姿可愛《かわい》いね」

「!?」

「!?」

「あっ、そっ、そうですか……？　ありがとうございます……！」

一瞬で、油の前に立っていた時より熱くなる。照れているのを誤魔化すように俺は皿をテーブルに置いた。

「美味《おい》しそ――――！！！」

「あらあら、凄《すご》いわねえ」

「……お兄ちゃんの料理」

揚げたての唐揚げに、三者三様の反応を見せる。

何にせよ皆テンションを上げてくれて、心が温かくなった。

「お茶碗《ちゃわん》とお箸は棚にあるから。味噌汁《みそしる》飲みたい人はインスタントなら出せるから言ってくれ」

――こうして、四人で食べる初の夕食が始まった。

「ん～～～、美味し――――――！！！」

「ホント、とっても美味しいわ」

「美味しい…………お兄ちゃん…………」

三人が唐揚げを口にするのを固唾《かたず》をのんで見守っていた俺は、その反応を見てやっと肩の荷を下ろすことが出来た。

「良かった……口に合わなかったらどうしようかと思った」

……実は緊張であまり食欲がなかったんだが、ほっとしたら急にお腹《なか》が空《す》いてきたな。

大皿から唐揚げを一つ取って口に運ぶ。

……うん。いつもの味だ。失敗しなくて良かった。

「蒼馬くん、これすぐなくなっちゃうよ！　第二陣プリーズ！」

静は成人男性もかくや、というスピードで唐揚げを口に運んでいる。

その様子に俺は、呆《あき》れるでも困惑するでもなく、ただただ喜びを感じていた。

「はは、了解」

自分が作った料理をこんなに美味しそうに食べてくれるなんて。そして、その事がこんなに嬉《うれ》しいなんて。

あやうく静に惚《ほ》れてしまう所だった。本当にそれくらい嬉しかった。

「ちょっと、それでは蒼馬《そうま》くんが食べられないじゃないですか。静《しずか》、もう少しペースを抑えて下さい」

「だって美味しいんだもん。てか呼び捨てぇ!? なんて生意気なヤツなんだ……」

真冬ちゃんと静が言い争っている。

なんかあれだな、この光景だけ見たら真冬ちゃんが姉で静が妹みたいだな。まあどの組み合わせでも静は末っ子確定だ。なんか甘やかされて育ってそうだし。

「真冬ちゃんありがとう。でもいいんだ。美味しそうに食べてくれるのが一番嬉しいからさ」

「むう……お兄ちゃんがそう言うなら」

「真冬ちゃんも気にせず食べていいからね」

「お酒、飲んでもいいかしら?」

ひよりんが持っていたコンビニ袋から缶ビールを取り出しながら聞いてきた。

「勿論《もちろん》。グラスとか氷とか、必要なら勝手に取っていいですから。気を使われるより好き勝手やって貰《もら》った方が性格上楽なので」

「了解よ。蒼馬くんはいい旦那さんになるわね」

「!?」

「!?」

「だっ、旦那さん!?」

ひよりんの危険な発言に唐揚げを落としそうになる。

ちょっとマジで、さっきから狙ってるのか天然なのかひよりんの発言が危ない所を抉《えぐ》ってくるんだが。

「えっと……真冬ちゃんはまだ未成年よね。一応沢山買ってきたんだけれど、蒼馬くんと静ちゃんも飲む？」

ひよりんは銀色の缶を差し出して聞いてくる。

あー……ビールかあ……久しぶりに飲みたいなあ。何というか酒でも飲まないとこの空間に耐えられなさそうだ。

気持ち悪い事言うけど…………めっちゃいい匂いするんだよこの空間。唐揚げじゃなくて、なんか甘い女の子の匂いみたいなのが。

「第二陣揚げ終わったら貰ってもいいですか？」

言いながら立ち上がる。ビールも飲みたいし、さっさと揚げてしまおう。

「了解。じゃあ置いておくね」

「私はこの後配信あるからなあ……でも……ビールくらいなら大丈夫だよね……」

「配信？」

「静ちゃんはVTuberなの。すっごい人気なのよ～」

「そうなんですか？……えっ、これが？」

「なにおう。ホントに生意気なヤツだな」

「因《ちな》みに私は声優をやってるの。八住《やすみ》ひよりって知ってるかしら」

「あ、名前は知ってます。友達がアニメとか好きなので……え、凄い人だったんですね。何かごめんなさい」

「気にしないで、今の私はただのお酒大好き・支倉《はせくら》ひよりだから」

やいのやいのやいの。

相変わらずリビングは盛り上がっている。

「……何かいいな、こういうの」

第二陣を揚げながら、俺は誰にも聞こえないようにそっと呟《つぶや》いた。

◆

余るだろうと予想していた第二陣も無事完売し、俺たちはまったりと食後のアフタートークを楽しんでいた。

俺と静はひよりんに貰ったビールを、真冬ちゃんは持参していたミネラルウォーターを飲んでいる。

そしてひよりんはというと——とうの昔にビールを飲み干し、9%のストロング缶も空け、二本目のストロング缶もたった今カラになった。

——そんな時だった。

「ちょっと蒼馬ー？　蒼馬、こっちきなさい！」

「えっ、は、はい！」

人が変わったようなひよりんの呼びかけに、思わず起立する。静と真冬ちゃんもびっくりした様子でひよりんに目を奪われている。

「いいから……ほら、きてみなさい」

ひよりんは俺の向かいに座っている。静がその隣で、真冬ちゃんは俺の隣だ。俺は何が起きたのか分からず困惑しながらもひよりんの傍《そば》に寄った。

「座りなさい」

「…………え？」

ひよりんは椅子をすっと下げると、妙に座った眼《め》で俺を見た。

椅子を下げたお陰で見えるようになった健康的な太ももをパンパンと両手で叩《たた》く。

――ライブ中に「えっっろ」と思っていた、フェロモンをまき散らすあの脚が今目の前にある。

薄肌色ですべすべしてて、はっきり言って目に毒過ぎる。

「座りなさい」

ひよりんは繰り返す。

意味が分からない。座るってどこに？

つーかどうしちゃったんだひよりん。

「…………」

助けてくれ、と真冬ちゃんと静に視線を送るも、二人とも呆気《あっけ》に取られていて全く使い物にならない。

「座るって……どこにですか？」

恐る恐るひよりんに声を掛けてみる。今のひよりんはいつ爆発するか分からない爆弾のようで、話しかけるのも怖かった。

「ん」

パンパン。

ひよりんは真顔で、自分の太ももを両手で叩く。

な、なんだ……？

もしかしてそこに座れっていうのか……？

今日の唐揚げがもも肉だったから、その感謝の気持ちを自分の太ももで伝えようって、そういうことなのか……？

それならむね肉にすれば良かった。

「そ、そこに座ればいいんですか……？」

「ん」

こくっとひよりんは頷《うなず》いた。その顔は紅潮している。確かめるまでもなく酔っていた。

「い、いや、流石《さすが》にまずいですって」

気が付けば静と真冬《まふゆ》ちゃんがまるで般若《はんにゃ》のような顔で俺を睨《にら》んでいる。

『酔った女に手を出すのか、クズ』

『お兄ちゃん……幻滅しました』

そんな言葉が聞こえてくるようだった。

「もう、いいからほら！」

「うわっ」

ぐい、と強く抱き締められ、俺はひよりんの上に座ってしまっていた。

お尻に柔らかいもも肉の感触が、背中にはもっと柔らかなむね肉の感触が押し付けられ——俺はフリーズした。お腹に回された手が、まるで恋人同士のじゃれあいのように、ぎゅうと締め付けられる。

「ぎゅ〜〜〜〜」

（あ、あああああああああ）

頭の中には、スポットライトを浴びて会場を魅了する、ライブ中のかっこいいひよりんがぐるぐると回っていた。

結びつけるな。それと今当たっている柔らかくて温かな感触を、決して結びつけるな。結びつけたら——俺はきっとダメになってしまう。

「ちょちょちょちょっと、何やってるの！」

「お兄ちゃん、不潔です！」

慌てて立ち上がった二人に俺は何とか救出された。嬉しいような悲しいような。

「はあ……はあ…………」

「ん～～～おいしー！　若さ吸収！」

笑顔で四本目を開けるひよりんを見て、俺は一つの確信を得た。

——この人、酒乱だ。


「お酒ってこんな事になっちゃうの……？」

「いや、はっきり言ってこれは異常だ。俗に言う酒乱って奴《やつ》だと思う」

人が変わったようなひよりんを見て、真冬ちゃんが戦々恐々としながら呟く。

未成年にしてお酒に対して悪感情を持たせる訳にもいかず、俺は人生の先輩としてひよりんをぶった切った。まあ実際酒乱だ、これは。

「わらしがしゅらん～？　ちょっろそうま、あんらなまいきになっらわねー！」

ひよりんがテーブルに突っ伏しながら呂律《ろれつ》の回らない口で何か言っている。

ボリューム機能もぶっ壊れてしまったみたいでとても耳に響く。走って踊ってしながら歌うアイドル声優だけあって、声量が大きいのが仇《あだ》になってるな……。

「ちょっと蒼馬くん、これどうすんのよ」

「どうすんのって言われてもな……何とか自宅にお帰り頂くしか……」

「あらしはかえんないわよ～！」

壁に張り付くヤモリだかイモリみたいに、テーブル一杯に両手を広げ張り付くひよりん。

そこには溌剌《はつらつ》としたステージ上の八住ひよりの印象も、おっとりとしたお姉さんの支倉ひよりの印象も全くなく、居酒屋でくだを巻く中年男性にしか見えない。見た目と声がいだけの中年男性がそこにいた。

「どうすっかなマジで……」

時計を見れば九時を過ぎている。静は十時から配信があるって言ってたし、真冬ちゃんも一人で帰らせる訳にはいかない時間だ。

「静、お前はとりあえず帰れ。配信あるんだろ？」

「ちょっ——私帰らせて何する気!?　ファンの一線は越えないいんじゃなかったの!?」

「越えねえよ。真冬ちゃん送ってかないといけないし」

「それなら大丈夫です。私、今日は泊まっていきますから」

「は？」

驚いて目を向けると、つーん、と澄ました顔の真冬ちゃんが綺麗《きれい》に背筋を伸ばして椅子に座っていた。だからその真面目な顔で変な事言うのやめろ。面白くなるだろ。

「この状態のひよりさんとお兄ちゃんを二人きりになんて出来ません。私はお兄ちゃんはケダモノではないと信じていますけど、酔った人間は何をするか分かりませんから」

「いやまぁ確かに今のひよりさんは何するか分からないけどさ…………泊まるのはまずいって。布団もないしさ」

「私は同じベッドでも構いませんよ？」

「俺が構うの！」

「昔は一緒にお風呂に入った事もあったのに……」

よよよ、と泣き真似《まね》をする真冬ちゃん。頼むから大学モードに戻ってくれ。問題児はひとりで十分なんだって。

「お風呂っ⁉　私だってまだ一緒に入ったことないのに！」

「まだって何だよ。つーかお前ん家、風呂まだ確認してなかったな。カビ生える前に一回見とくか」

確かエッテ様、前に放送で「気が付いたら三日風呂入ってない」とか言ってたことあった気がするんだよな……。

流石に冬だったけど、今考えたらよくあれで清楚《せいそ》キャラやれてたよな。三日風呂入らない清楚系お姫様とか絶対いないだろ。とりあえず今は匂わないからちゃんと入ってるんだろうけど。下着も日数分脱ぎ捨てられてたし。良い子の皆は洗濯カゴに入れような。

「そうやって私の下着見にこようとするんだから～、まったくこのエロ小僧は」

「一回ぶん殴っていいか？」

つんつんと脇腹をつついてくる静《しずか》の手を払いのける。マジで問題児しかいねえこの空間。

こんなはずじゃなかったんだが。

「とりあえず泊まるのはナシ。静は家に帰れ、沢山の人が待ってんだから。ひよりさんは真冬ちゃん送り届けたあとに何とかする」

ひよりんは缶チューハイを握りしめたままテーブルに突っ伏して寝息を立てていた。

……やるだけやって寝ちゃったよこの人。

年を取ってもこうはなるまい。俺は強く心に誓った。

因みにネットの情報によるとひよりんの年齢は二十六歳だ。ああいうのとか事務所のプロフィールって本当の情報が書いてあるんだろうか。機会があれば聞いてみるのもいいかもしれないな。

「はい、解散解散。スマートに終わろうぜ」

既にスマートとはかけ離れている気もするが、きっと気のせいだ。

俺は手を打ち鳴らしながら静と真冬ちゃんを家から追い出した。ひよりんを放置することになるけど…………まあ大丈夫だろう。二十六歳だし。

◆

「なんかごめんね、バタバタしちゃって」

すっかり暗くなった道を真冬ちゃんと二人で歩く。

生温《なまぬる》い梅雨時期の風が肌に張り付いて、何とも気持ち悪い。

「ううん、楽しかったよ。お兄ちゃんのお友達、愉快な人だったね」

「まあ、そうな……まさかこんな事になるとは思わなかったが」

歩くたび、真冬ちゃんの射干玉《ぬばたま》の長い髪がさらっと揺れる。この湿度の中で凄《すご》いなあ。どこのトリートメント使ってるんだろ。

「真冬ちゃん、大学生活はどう？」

うちのマンションはそこそこ駅から近いし、真冬ちゃんは駅まででいいと言っていたので、二人で話せる時間はあまり長くない。俺は気になっていた事を聞くことにした。

「楽しいよ。仲のいい友達も出来たし。知らない男の人から声を掛けられるのは、ちょっと嫌だけど」

「あー……大変らしいな。噂《うわさ》はよく聞くよ」

俺に置き換えたら「女の子から声掛けられ過ぎて困っちゃうよ～あはは」って感じだろうか。なんて贅沢《ぜいたく》な悩みだと思いそうになるが、男性と女性では色々と違うんだろう。男性の方が力が強いしな。俺が女性だったら恐怖を感じるのは、まあ分かる気がした。

「お兄ちゃんが彼氏になってくれたら、追い返せるんだけどな……？」

ちらっと横目で俺に視線を送ってくる真冬ちゃん。相変わらずの真顔で、本気なのか冗談なのか分かり辛《づら》い。

「え、えっとその……それは……」

「じょーだん。そこまで迷惑はかけられないし、自分で何とかするよ」

迷惑かと聞かれたらそうでもない気もするけど……とにかく冗談で良かった。真冬ちゃんの冗談は心臓に悪いな。

「まあでも、しつこい人いたら俺の名前出していいから。困った事があったら言ってね。兄として出来る限りの事はするつもりだから」

「うん。ありがとう、お兄ちゃん」

その後はたわいもない昔話なんかに花を咲かせていると、すぐ駅前に辿《たど》り着いた。

「あ、そういえばお兄ちゃん。お兄ちゃんの住んでる所って、ひとつ空き部屋なんだよね？」

「そうだけど、もしかして引っ越してくるつもりか？　結構高いぞ、あそこ」

「そうだよね……実は今住んでる所があんまり治安良くないみたいなの。それで、どうしようかなって悩んでて」

「マジか。大丈夫なの？」

「今の所は何もないんだけど……駅も近いから道も明るいし。でもお兄ちゃんの住んでる所見たら、やっぱりこういう所の方がいいのかなあって」

「まあセキュリティは万全だからな、うち。俺としても真冬ちゃんが来てくれるなら嬉《うれ》しいけど」

「……そうなんだ。お兄ちゃん、嬉しいんだ」

「そりゃあ、仲のいい子が近くに越して来たらな。今日みたいに一緒にご飯も食べれるし」

今日は色々あったけど、蒼馬《そうま》会は継続予定だ。ひよりんの酒だけ別途相談する必要があるがな。

「そっか……ありがとう、お兄ちゃん。じゃあそろそろ行くね」

「うん、気を付けて。おやすみ」

「おやすみなさい」

真冬ちゃんは何度もこちらを振り向きながら、駅の改札に吸い込まれていった。

……帰るか。俺にはもう一仕事残ってるしな。

◆

「…………さて、どうすっかな」

気持ちよさそうに寝落ちしているひよりんを眺め、独りごちる。

とりあえず起きて貰《もら》わない事には始まらんか。

「おーい、ひよりさーん？　起きて下さーい」

触れる勇気などある訳もなく、とりあえず普通に呼びかけてみるが…………全く反応がない。

「ひよりさーん？　お願いだから起きて下さーい」

「んん……」

耳元で呼びかけてみる。ひよりんは俺の声に反応してうめき声をあげるも、目を覚ましてはくれなかった。

「……つーか」

酒臭ええええええ。

つーんと鼻に来るアルコールの匂いに、涙が出そうになる。

「はあ………」

あの日、ザニマスのファーストライブで、ステージの上で輝いていたかっこいいひよりんの姿が、音を立てて崩れていくような気がした。

「うーん……そーま……おかわり……」

「……どんな寝言だよそれ」

夢の中でも飲み食いしてるのか？

まあでも、俺の作ったご飯を美味《おい》しく感じてくれてたってことか。なんか嬉しいな。

「ほら、起きて下さいって」

おそるおそる肩に手を掛ける。

出る所は出ているのに、ひよりんの肩は冗談みたいに華奢《きやしや》だった。少し力を入れたら壊れてしまいそうで、その事が強烈にひよりんの「女」の部分を俺に意識させ、急に顔が熱くなる。

「……マジで冷静になれ俺」

テーブルに残っていたお冷をぐいっと飲み干す。ここで変な気を起こしたら送り出した静や真冬《まふゆ》ちゃんに顔向け出来ないし、それ以前に犯罪だ。俺の理性が試されている。

「んん……そーま………？」

「あ、起きてくれましたか」

ひよりんが目を擦《こす》りながら起き上がる。俺は心から胸を撫《な》でおろした。自分が何をしでかすか、ちょっと保証が出来ない状態だった。

「わらし、ねちゃってたんだ……ごめんねえ」

「いや、大丈夫ですよ。立てます？」

「んー」

ひよりんは立ち上がろうとして――ふらっとテーブルに手をついた。足元が覚束《おぼつか》ないようだ。

「あたまがぐるぐる……ちょっろむりかも」

「ですね……」

ひよりんは何とか上体こそ起こせたものの、頭がぐわんぐわんしていた。呂律《ろれつ》も回ってないし、まだ全く酔いが抜けてないみたいだ。

「……そーま、だっこ」

「へ？」

「ん!!」

ひよりんは甘えた声を出して、俺に両手を伸ばしてくる。

ええ……だっこって…………マジか。

だっこしたらさ……当たるじゃん。色んな所がさ。

「はーやーく！　だっこ！」

「はいはい……分かりましたよ」

ひよりんの傍《そば》に寄って少し腰を落とすと、ぴょんとひよりんが飛び移ってくる。

瞬間ずしっとした重みが身体《からだ》を襲うがそれも一瞬の事で、ひよりんは冗談みたいに軽かった。

因《ちな》みにネットの情報によるとひよりんの身長は百六十センチ、体重は「ヒ・ミ・ツ」。

「ん～♪」

「ちょっとひよりさん、顔くっつけないで下さいって」

ひよりんは俺に抱き着くや否や、横顔に頬を擦り付けてくる。

すべすべの肌がひんやりしてて気持ちいいけど、アルコールの匂いに混じって女の子の甘ったるい匂いがして、つーか全体的に柔らかすぎて、めちゃくちゃ興奮した。

……………だから興奮しちゃダメなんだって。

「ほら、行きますよー」

胸板に当たっている柔らかな二つの感触と、太ももから尻にかけて巻き付いている健康的な脚を何とか意識から排除し、俺はエントランスに出た。

ひよりんの家の前に立ち、一応扉を開けてみる。

……まあ、開く訳ないよな。

「ひよりさん、鍵開けれます？」

「んん……ぽけっと……」

「ポケット？」

「う〜ん……とって……」

「ええ……」

ひよりんはうちに来る前に楽な服装に着替えて来たのか、寝間着のようなショートパンツを履いていた。

それでさっきから生足が丸見えになっている訳だが、それはともかくとしてショートパンツには小さなポケットがついているようで、どうやら鍵はそこに入っているらしい。

「でもな……」

ショートパンツのポケットって…………それもうほとんど股だぞ？

流石《さすが》にそんな所に手を入れるのはきついって。俺は大学生の男なんだぞ。

推しのアイドル声優と完全に密着しているこの状況。なんなら相手は俺に抱き着いてきている。

ホントにもう、マジで、勘弁してくれ。

手を出してない俺を誰か褒めてくれよ。

「んじゃ取りますけど……変な所触っちゃったらごめんなさい」

抱っこしているせいでロクに下が向けないため、俺は手探りでひよりんの下半身をまさぐった。

多分この辺にポケットがあるはずなんだが……。

「んっ……！　あはは っ、くすぐった～い！」

「ちょ、変な声出さないで下さいって」

……マジでびっくりした。艶《なま》めかしい声に、どうしてもある部分が反応してしまう。

「あった、これか」

ひよりんの股付近からどうにか硬質の感触を探し出し、ポケットから引き抜く。そのまま鍵穴に差し込むと、カチャ、と解錠の音が聞こえた。

「…………じゃあ、お邪魔します」

まさか八住《やすみ》ひよりの家に入ることになろうとは。

そんなこと、二週間前は夢にも思わなかったな。

「………わーお」

リビングのドアを開け——俺は感嘆の声を漏らした。

……いや、静《しずか》の家みたいに汚い訳ではない。引っ越しして間もない事もあってリビングはまだ物が少なく、閑散とした印象を受ける。

しかし、とある物がリビング中に置かれていたのだ。

……まあちょっと予想してはいたけど。

「すっげえ酒の量……」

一人用のテーブルの上には日本酒やウイスキーの瓶が所せましと並んでいて、部屋の隅っこにはパンパンに酒の缶が入ったごみ袋が置かれている。

……この人、この前越してきたばかりだよな？

シンプルに日数で割っても……いやいや、おかしいだろ。

「とりあえずベッドに乗せるか……」

酒まみれのリビングを通り抜けて奥の部屋を開ける。二つある部屋のうちどちらかが寝室のはずだ。

「これは……」

どうやら外れを引いたらしい。その部屋にはパソコンデスクと、ザニマスやドレキュアといったひよりんの出演作品のグッズが、壁一面に並べられた棚に綺麗《きれい》に収納されていた。仕事関係の部屋だろうか。

ひよりんが出演している作品は大体追っている為《ため》、そのグッズとなると詳しく見てみたい気持ちはあるが……ぐっと堪《こら》えもうひとつの部屋に移動する。今度許可を取って見せて貰おう。

もうひとつの部屋は予想通り寝室だった。

可愛《かわい》らしいベッドと、あとは加湿器やらアロマディフューザーやら、その他ファンシーな小物類が並んでいる。

うんうん、女性の部屋ってこうあるべきだよな。静がおかしいんだやっぱり。

枕元に置かれた「鬼人殺し」と書かれているゴツい一升瓶さえなければ完璧だったんだが、そんな事を気にしている場合でもない。

「ひよりさーん、降ろしますよー？」

「うーん……」

前かがみになりひよりんの背中をベッドにつけると、ひよりんは俺の背中に回していた手足をゆっくりと解いていく。

ひよりんはベッドの上で気持ちいい体勢を探すようにもがいていたが、やがてしっくりきたのかすうすぅと寝息を立て始めた。ミッションコンプリートだ。

「はあ……疲れたな、色々と」

主に精神面が。並の理性だったら今頃お縄に違いない。

「……帰るか」

兎《と》にも角《かく》にも、身体に張り付いたひよりんの感触を何とかしたい。このままでは夢に煽《せん》情《じょう》的な出《い》で立《た》ちのひよりんが出演する事になってしまう。隣人に欲情するようになったら日常生活に支障が出るんだよ。毎晩顔を合わせる事になるんだし。

◆

ひよりんのフェロモンを洗い流すようにいつもより長めの風呂に入り、火照った身体でベッドにダイブする。

時刻は十時半。油の処理と洗い物も終わってるし、いつもより早いけどもう寝てしまおうかな。

「…………」

半ば無意識にミーチューブを開く。良くないと分かっていてもだらだらと見てしまうんだよな。ほら、エッテ様の配信には睡眠導入効果があるし。

エッテ様の落ち着いた声と、唐揚げ唐揚げ～とうちのドアを叩《たた》く静は全く結びつける事が出来ないが、まあそこは静もプロなんだろう。よくあんなに普段の性格と違うキャラを演じられるよな。

ミーチューブのトップページには自分がフォローしてる人の動画なり配信が優先して出てくるようになっていて、丁度エッテ様の配信枠が一番上に載っていた。

タイトルは『【飲酒雑談】水曜から夜更かし【アンリエッタ／バーチャリエラ】』。

……あいつ、飯の時にビール飲んだからそのまま飲酒枠にしたな。上手《うま》い事やってるわ。

サムネイルのエッテ様の顔をタップすると、すっかり違和感を覚えるようになってしまった、聞き覚えのある声が再生される。

『東京の生活にもそろそろ慣れてきたって感じかなあ。あ、そうそう。お隣さんすっごくいい人でね。東京の人って冷たいって聞いてたんだけど、全然そんな事なかったんだ。初日で仲良くなっちゃった』

「お」

エッテ様は丁度引っ越しの話をしているみたいだった。

数千人の前で「すっごくいい人」と言われ、否が応にも嬉《うれ》しくなる。

「それにしても」

なーにが東京の生活にも慣れてきた、じゃ。

静、お前ほとんど家から出てないだろ。

……もしかして東京の生活に慣れた、というのはユーバーイーツを使いこなしているという意味なんだろうか。確か実家はめちゃくちゃ田舎の方だと言っていた。ユーバーイーツなんて対応してないだろう。

コメント：『引越しの挨拶とか基本ないよな』

コメント：『挨拶来られたらビビるわ』

コメント：『隣人ガチャSSR？』

『そうだね、ふたり仲良くなったんだけど両方ＳＳＲだったよ』

『推し』が俺の事をＳＳＲだと言っているのを聞いて、俺は少し得意になった。因みにひよりんを知ったきっかけのザニマスではＳＳＲは最高レア度だ。

どうも、最高レア度の隣人（男）です。

それはそれとして。

「…………」

……『推し』、なのかなあ。

正直な所、今エッテ様に対する感情は結構複雑だった。

勿論《もちろん》全然好きじゃないって訳じゃないんだが、どうしても静の顔が脳裏にチラつく。

エッテ様と静は別物だってのは分かっているんだが、そう簡単に納得できるものでもなかった。

静に対しては……どうなんだろ。部屋が汚いのは論外なんだが、それを除けば静の事は割と好きだ。

話してて楽しいし。なんつーか気を使わなくて済むんだよな。

それは真冬《まふゆ》ちゃんにもひよりんにもない、静だけへの感情だった。ひよりんになんて、俺はきっと一生緊張したままだろう。

「…………」

コメントしてみるか。

さんざ迷惑を掛けられたし、ちょっとした仕返しだ。

コメント：『毎日ユーバーイーツ頼んでそう』

一瞬で流れたそのコメントを拾われるとは思わなかったが、運良く（悪く？）エッテ様の目に止まったようだった。

『ユーバーイーツ？　私ってそういうイメージあるんだ。結構料理とかするんだけどなあ』

「ぶっ!?」

しれっと嘘《うそ》をつくエッテ様に思わず笑いが漏れた。

なあ静、お前……家に炊飯器ないよな？

この世のどこに炊飯器がない自炊人がいるっていうんだ？

三食パスタか？

まあそれはそれで静のイメージに合ってるけど。

コメント：『エッテ様女子力高そう』

コメント：『流石《さすが》バーチャリエラの清楚《せいそ》枠』

コメント：『エッテ様のヒモになりたい』

「おいおい」

チャット欄は静の妄言を疑いもしないピュアな奴《やつ》らで溢《あふ》れていた。真実を見抜く目を養った方がいいぞ。

まあ俺も、リアルで知り合ってなかったら信じてたと思うけど。配信上の情報だけだと疑う理由がないしな。

コメント：『家に炊飯器なさそう』

俺は追撃のコメントを打ち込んだ。

配信を見ている数千人が間違った情報を信じようとしている。それを救えるのは俺だけなんだ。

俺はかつてないほどの正義感に燃えていた。

俺が打ち込んだそのコメントは、エッテ様に読まれることはなかった。しかしその代わりにスマホがルインのメッセージ受信を告げ、画面上部を隠した。

『配信見てるでしょ』

俺と静、それとひよりんが参加している「蒼馬会《そうまかい》」なるルームの上に、ひとつのルームが未読メッセージを告げている。ここ最近ずっと一番上をキープしているそのルームの名前は林城《りんじょう》静。炊飯器未所持の自炊女・林城静。

『何のこと？』

口元が緩まないように注意しながら返信すると、すぐに返信が来た。配信に集中しろ。

『炊飯器』

『欲しくなったの？』

『いやいらないけど』

『自炊しないならいらないよな』

『やっぱり見てるでしょ』

「…………」

俺はルインを閉じてミーチューブを開き直した。返信しなくても、どうせ配信が終わったらまた下らないことを送ってくる。

『――きょ、今日も唐揚げ作ったんだよ。唐揚げって作るの大変だよねー』

コメント：『分かる』

コメント：『揚げ物は油の処理がめんどいわ』

コメント：『家庭的お嬢様概念くるか』

「あーあ」

少し目を離した隙に、話の流れがとんでもない事になっているみたいだった。一度嘘をつくと、それを守るために更に嘘を上塗りする羽目になる。そのいい例だった。

チャット欄はすっかりエッテ様の家庭的エピソードを求める流れになってるけど、どうするつもりなんだろ。

助けてというのなら、まあ、助けないこともないけど。

ピロン、と音が鳴りルインの通知が上からぴょこっと出てくる。

「早速助けを求めに来たか」

ルインを開くと、案の定静《しずか》のルームに未読通知がついていた。

『唐揚げのそれっぽいエピソード教えて』

「ぷっ、なんだそりゃ」

それっぽいエピソードて。料理やってない奴感バリバリの言葉に思わず吹き出してしまう。

「唐揚げのエピソードねえ」

唐揚げのエピソードっていうと……やはり卵の代わりにマヨネーズを使う事だな。

この世に出回っている唐揚げのレシピはレシピ通りに作ると大体卵が半分余ってしまい、その処理に頭を悩ませることになるんだが、マヨネーズにそれはない。これは実際に作ってる奴しか分からないことだろう。「やっている感」を出すには持ってこいのエピソードだし、エッテ様の口からマヨネーズをオススメすれば爆発的にその知識が広まる可能性もある。

教えてやってもいいんだが……。

「もうちょっと困らせてみるか」

あたふたする静が見たくなり、俺はわざと既読をつけたままスルーすることにした。

ミーチューブに戻る。

『あ、あー……ほら。唐揚げってカリッとするのにさー、結構テクニック使うよねー…………？』

コメント：『そうなんだ』

コメント：『普通にやったらカリッとならない？』

コメント：『声震えてない？』

「お、真実に気付き始めた奴がいるな」

当たり前だがエッテ様はそれっぽいエピソードを披露する事が出来ず、チャット欄は少しずつエッテ様家庭的説否定派が増え始めていた。

『わ、私お酒飲むと声震えちゃうんだー。飲むんじゃなかったかなー』

ピロン。

ルインの通知が届く。

『見てるんでしょ!?　はやく!!!』

「ぷくくく」

慌てる静の姿が目に浮かび、俺は腹を抱えて笑ってしまった。

俺はエスではないはずなんだが、何故《なぜ》だか静が困っているのは面白い。つい弄《いじ》りたくなる。

「そろそろ教えてやるか」

楽しませて貰ったし、俺としてもエッテ様の放送が変な空気になることは避けたい。まあ料理してるのが嘘だとバレた所でエッテ様の清楚イメージがまた一つ壊れ、ポンコツキャラにシフトしていくだけだから大丈夫だと思うけど。この前の超激辛ポヤング放送で割と清楚イメージ崩れてるしな。

俺はルインにそれっぽいエピソードを送ってやり、ミーチューブに戻った。

『あのさー、私唐揚げのレシピで一つ文句あることがあってさー。唐揚げのレシピって大体どれも「卵　2分の1」って書いてあるじゃん』

コメント：『2分の1は草』

コメント：『余りどうすりゃいいのそれｗｗｗ』

コメント：『これはマジ』

『ほんとそうなのよ。それでね、私も卵どうすりゃいいんだーって思ってたんだけど、テレビで料理人が卵の代わりにマヨネーズを使ってたのを見てさ、試しにやってみたらまあ――これが快適でさ。ホントみんな、試しにやってみてよ』

コメント：『へ～～～』
コメント：『マヨネーズ実質卵だもんね』
コメント：『それ頭いいわ』

エッテ様の渾身《こんしん》の唐揚げエピソードに、チャット欄はエッテ様家庭的説肯定派で一杯になった。

『そ、それじゃあ今度作った料理の写真とかツブヤッキーにアップしようかなあ。需要あるならだけど』

コメント：『見たい！』
コメント：『めっちゃある』
コメント：『よろしくお願いします』

「あーあ……」

折角一難去ったのに、また一難か。

どうしてこう調子に乗ってしまうのか。

そんな所もまあ、可愛《かわい》くないと言えば嘘になるけど。

◆

翌朝。

俺はルインの着信音で起こされた。

「誰だ……？　静……？」

口にして、すぐに違うなと思い直す。あいつがこんな朝早くに起きてるはずがない。夜遅くまで配信してるし今頃はスヤスヤだろう。

ベッドに寝たまま手探りでスマホをつかみ、ルインを開く。

「…………ああ」

ルインはひよりんからだった。

昨日、酔って寝落ちしたひよりんの為《ため》に一応ルインを送っていたんだった。

『寝ちゃったので部屋まで運びました』

みたいな感じで。

どうもそれの返信らしい。

『昨日はごめんなさい。あんまり記憶がないんだけど……迷惑かけちゃったよね』

反省しているようなひよりんのルイン。

迷惑かと言われたら……微妙な所だ。実害を被ったのは俺だけだし、ラッキースケベもあった。

まあでも、酒量は抑えて貰《もら》った方がいいかもな。

『気にしないで下さい。でも、未成年もいるのでちょっと控えめにした方がいいかもしれないですね。俺で良かったらいくらでもお酒付き合いますから』

解散した後であればいくらでも付き合う気はある。ひよりんとは話したいことも沢山あるし。

『優しいね蒼馬くん。じゃあ……お言葉に甘えて、今度付き合って貰っちゃおうかな』

『こちらこそ楽しみにしてますね。夜飯解散した後なら基本いつでもいけますから』

『分かったわ。あ、それと今日は夜ご飯ご一緒出来そうにないの。ミーチューブのザニマス生放送があるから』

「………あ、そっか。あれ今日だったか」

大人気ソーシャルゲーム、『ザニマス』。

ひよりんを一躍人気声優に押し上げたそのゲームの生放送が、毎週木曜日にミーチューブで配信されている。ザニマスは色々なユニット、アイドルをプロデュースするゲームで明確なメインヒロインはいないんだが、一応メインとされているユニットがある。そしてひよりんはそのユニットの一人に声を当てていた。

ひよりんはザニマス生放送のレギュラーなのだ。

『それじゃ毎週生放送の日は不参加って事でいいですか？』

『基本はそうなると思うわ。よろしくお願いするわね』

『分かりました。生放送楽しみにしてますね！』

『うん、ありがと！』

うーん……やっぱり素面《しらふ》の時は普通の人なんだけどなあ。

「…………」

昨晩の目の座ったひよりんを思い出す。

こんなほんわかした人ですら、ああなっちゃうんだから、やっぱり酒は怖い。

「…………お」

ピリリリリ、とスマホがアラームを鳴らす。いつも起きる時間になったらしい。

「今日も一日頑張りますかね」

俺はベッドから身体《からだ》を起こすと、朝飯の準備に取り掛かった。

六章　女子力高めの林城静

「――――お兄ちゃん」

「ん？」

いつものように学食でケイスケを待っていると、トレイを持った真冬《まふゆ》ちゃんが声を掛けてきた。

「真冬ちゃん。今日も学食？」

「うん。お兄ちゃんと一緒に食べようと思って」

近くに学生がいないため、真冬ちゃんはふたりきりモードだった。甘えん坊モードと言い換えてもいい。

「大歓迎。一緒に食べよう」

ケイスケを待つ必要性も感じられないし、真冬ちゃんとふたりで食べることにするか。

四人掛けのテーブルで待っていたんだが、真冬ちゃんは対面ではなく俺の隣の席に座った。

……こういう時って、普通対面じゃないか。隣だとなんかそういう関係っぽいんだが。

「お兄ちゃん、今日も皆で晩御飯食べるの？」

「あー今日は静《しずか》だけかな。ひよりんは生放送あるから」

「生放送？」

「これこれ」

ちょっと行儀が悪いが食べながらスマホを操作し、ザニマス生放送の過去のアーカイブを見せる。

「わ、ひよりさんだ……ホントに声優だったんだ」

別に疑ってた訳ではないと思うが、実際に生放送に出ているのを見て、真冬ちゃんはひよりんが声優だという事をちゃんと認識したようだった。

「ひよりん、めっちゃ人気なんだよ。この前出した写真集だって即完売したらしいし」

因《ちな》みに俺も買った。

ひよりんは身長はそんなに高くないんだけど、脚が細すぎずいい感じに肉感があって、胸も大きくて、なのに腰は冗談みたいに細くて、ああいうのを何て言うんだろう……ロリ巨乳、は違うか。トランジスタグラマーかな？

それで顔も宝石みたいに整ってるもんだから、めちゃくちゃ人気がある。

ザニマスは新人声優がほとんどなんだけど、その中でもひよりんが一番の出世頭と言っていいだろう。なんたって朝の長寿アニメ『ドレキュア』のメインキャラにも抜擢《ばってき》されたしな。

つーか、ひよりんの写真集……普通にビキニとか下着姿みたいなのあったよな。

YASUMI HIYORI
1st photo book
ひよりズ

なんか隣人の、そんで知り合いの下着姿って考えたら急に背徳感が増してきた。今見たらめっちゃ興奮しそう。静の脱ぎ散らかされたやつとは訳が違うしな。

「…………」

でも、写真集を見たらひよりんと普通に接せられなくなりそうだな…………。

俺は健全な男子大学生なんだ。性欲だってそれなりにある。何なら今ですらちょっとイヤな心臓の鼓動になってきてるんだ。

健全なご近所付き合いの為にも、ひよりんの写真集は封印して置いた方がいいだろう。

『という事で次のコーナーは……じゃん！　ＳＳＲのシナリオを振り返っちゃおうのコーナー！　このコーナーはですね、直近に実装されましたＳＳＲアイドルの声優をお呼びしましてですね、シナリオの感想を聞いてみよう！　というコーナーとなっております－！』

「凄《すご》いなあ……」

普段とは印象の違う、ハキハキとしたひよりんのＭＣがスマホから流れる。

真冬ちゃんはＢ定食を口に運びながら、食い入るように俺のスマホを見ていた。

「何か、全然印象違うね」

「だよな。俺もひよりん越してきた時は衝撃だったもん。オフだとこんな人なんだーって」

流石《さすが》芸能人、って感じだよな。

静もそうだけど、キャラ作りというかそういうのは本当に凄いと思う。

「声優にＶＴｕｂｅｒ……お兄ちゃん、凄い人たちと知り合いになったね」

「本当にな。夢なんじゃないかって未《いま》だに思ってるよ。エッテ様もひよりんも大好きだったし」

「大好き？」

「うん。ひよりんもエッテ様も――ああ、エッテ様っていうのは静のＶＴｕｂｅｒの名前ね――ふたりとも『推し』だったんだよね」

「……ふーん、そうなんだ」

真冬ちゃんはスマホから目を離すと、Ｂ定食を食べる作業に戻ってしまう。

「むー…………」

頬を膨らませて、なんだか不機嫌そうだ。どうしちゃったんだろ。Ｂ定食が美味《おい》しくなかったのかな。

何とも声を掛け辛《づら》く、俺たちは無言で昼飯を食べ終わった。

「真冬ちゃん、今日はご飯食べにくる？」

一度誘ってしまった手前、これっきりというのも気まずいので誘ってみる。

昨日は楽しそうにしていたし、てっきりまた来てくれるものかと思っていたんだが……

真冬ちゃんの返事は意外なものだった。

「……いい」

「そっか。気が向いたらまた来てよ。うちはいつでも大歓迎だから」

真冬ちゃんは俺の言葉に反応せずに、トレイを持って立ち上がる。

そのままスタスタと歩いて行ってしまった。

「……お兄ちゃんの目は……私が覚まさせてあげなきゃ…………」

ぼそっと何かを呟《つぶや》いた気がしたけど、聞こえなかった。

「うーん……」

真冬ちゃん、何か様子がおかしかったな。

どうしちゃったんだろうか。

「う～～す」

「ん？」

顔を上げると、ケイスケが間の抜けた声を出しながら俺の向かいに座った。

「ケイスケ。遅かったな」

「講義のあと教授に捕まっちまってよ。ところで水瀬《みなせ》さん、どうしたんだ？」

「何が？」

ケイスケはカレーを口に運びながら気になることを言う。

……つーかこいつ毎日カレーだな。飽きないのか？

「水瀬さん、そこですれ違ったんだけどすっごい怖い顔してたぞ。挨拶しても無視されたし」

「……マジ？」

「マジ。すっごい眉間に皺《しわ》寄ってた。蒼馬《そうま》お前、何かしたんじゃねーのか？」

「いや……心当たりないな」

あるとすれば静とひよりんの話をしたことだけど…………昨日仲良さそうにしてたしな。

「色々ストレス抱えてるのかもしれないなあ。色んな男に言い寄られて大変って言ってたし」

「あー……なるほど。可愛《かわい》い子も楽じゃないな」

この時、真冬ちゃんの豹変《ひょうへん》をもう少し深刻に考えていれば。

俺は後にそんな後悔をする事になる――。

◆

「ほーい、出来たぞー」

「やたっ！　はやくっ、はやくっ！」

静がテーブルで騒がしくする。まるで子供だ。

平皿をテーブルに置くと、静が大げさな声を出した。

「おおぉー！　おいしそーっ！　これ何て料理？」

「アクアパッツァ。オリーブオイルｆｅａｔ．魚の水煮、みたいな感じのイタリア料理」

「イタリア料理!?　え、なに蒼馬くん料理人なの？」

「いや別に。つーか作るの初めてだからあんまり期待すんなよ」

女性中心だし何かお洒落《しゃれ》な料理作ってみるかなーと思って試しに作ってみたんだが、味に自信はない。

見た目は結構いい感じに出来たんだけどな。

にんにくの効いた白ワインスープの中心にオリーブオイルで焼いた真鯛《まだい》の切り身、周りにはあさりとプチトマトを添えて、最後にイタリアンバジルを振りかけてみた。白、赤、緑がいい感じに混ざり合って、食欲はそそる。

「ねえねえ、これ写真撮っていい？」

静はスマホ片手に聞いてくる。

「ツブヤッキーに載せるのか？」

「う、うん……ダメ？」

「いいけど、いつでも昨日みたいに助けられる訳じゃないからな」

静はエッテ様料理上手路線で行くみたいだった。俺の料理を「自分が作りました！」って載せるつもりらしい。

それは全然構わないんだが、いつかボロが出るんじゃないかという心配はある。なにせこいつは料理どころか部屋の片付けすら満足に出来ないんだ。

「それは大丈夫。ボロが出ないようにするから」

静はいい感じの角度を探して色んな所からアクアパッツァを写真に収めていく。

「……よしっ。ごめんお待たせ。食べよ？」

「おう、食べるか」

「それじゃ……いただきまーす！」

手を合わせ、魚の切り身を口に放り込む。

「お、なかなかいけるな」

「いやいや！　めちゃくちゃ美味しいよ！」

「そっか。それなら良かった」

静は美味しそうにプチトマトをもぐもぐしている。

野菜食べれるのか、えらいな。

父親のような気持ちで静を見守っていると、ある事に気が付いた。

「悪い、ちょっとミーチューブ観《み》ていいか」

「もぐもぐ……どったの？」

「ひよりんの生放送があるんだよ」

言いながら俺はテーブルにスマホを置く。

ザニマス生放送は丁度始まった所だった。

『はぁい、今週もザニマス生放送の時間がやって参りましたっ！　司会は私、八住《やすみ》ひよりとっ』

『富士見《ふじみ》あきなの三人でお送りしまーす！』

『遠藤玲奈《えんどうれな》とっ』

「間に合ったか」

後からでも観れるけど、出来ればリアタイしたいからな。

「もぐもぐ……え、いまのがもぐもぐ……ひよりさんなの!?」

「食うか喋《しゃべ》るかどっちかにしろ。そうだよ、全然印象違うだろ」

「うん。誰かと思っちゃった」

静が興味ありげなので、スマホの向きを静の方に変えてやる。静は食べる手を止め、まじまじと画面を見ている。

『今日はぁ……早速あのコーナーやっちゃっていいですか!?……じゃん！　ＳＳＲのシナリオを振り返っちゃおうのコーナー！　このコーナーはですね、直近に実装されましたＳＳＲアイドルの声優をお呼びしましてですね、シナリオの感想を聞いてみよう！　というコーナーとなっております！　今週のゲストは………そう私、八住ひよりでーす！』

今週の生放送はこれが楽しみだったんだよな。

ザニマスはガチャで出るカードに結構長いシナリオがついていて、そのシナリオの良さがザニマスの一番の長所といってもいい。回を追うごとにアイドルの仕事への意識やプロデューサーへの感情が成長していって、めちゃくちゃエモいんだよ。マジで今すぐ始めて欲しい、ザニマス。

直近のガチャ更新で追加されたのはひよりんが声優を担当している『星野《ほしの》ことり』というキャラの新規SSRなので、今回のゲストはひよりんという事になる。

因《ちな》みに星野ことりは俺の推しでもあるので、俺はせこせこ溜《た》めていた石で天井した（三百連）。

十連で出てくれよ、マジで。

「ひよりさんめっちゃ堂々としてる……凄いなあ」

静《しずか》は真剣な目で画面の向こうのひよりんを見つめている。

「俺からすりゃ、静だって凄いと思うけどな。一万人の前で喋るなんて俺には無理だ」

「え？」

静はスマホから顔を上げて俺を見る。

「昨日だって同接一万人いってただろ？　俺なら緊張で何も話せないもん」

想像してみる。

俺の言葉を全国、いや世界中の人たちが聞いている。

俺の一言一句で喜んだり、癒されたり、笑ったりする。

……うーん、やっぱり無理だな。

「最初は私も緊張したけど、すぐに慣れるよ？」

「いや、誰でも出来る訳じゃないと思うぞ。それに、静のトークスキルがあってこそだと思うし」

「そうかなあ」

静は自分の才能にあまりピンと来てないみたいだった。

「そうだって。だって俺……静と話すの好きだし」

「えっ……？」

静は驚いた様子で俺を見つめている。

「俺たち、まだ出会って全然経《た》ってないだろ？　それなのにこうやって二人きりで飯食べてさ。それで気まずくないのは……やっぱり静と一緒にいるのが楽しいからだと思う」

「……ぼふ」

静は謎の効果音を口にする。見れば耳まで真っ赤になっていた。

「そ、そそそ蒼馬くんきょきょ今日はどうしたの!?　なんというかいつもより積極的と言うかついに私の事を好きになってくれたのかなというか手料理食べさせられた後にそんな事言われたらキュン死しちゃうというかっ!?」

静は早口で何かを捲《まく》し立てたけど、あまりに早すぎて何言ってるか全然分からなかった。

「ごごごめんちょっと私子宮の様子がおかしいので今日は帰りますっ！　あとはよろしくっ!?」

静は勢いよく席を立つと、ダッシュでリビングから出て行ってしまった。バタン、と玄関の扉が閉まる音が遅れて聞こえてくる。

「どうしたんだ……？」

なんか変なこと言っちゃったかな。確かにハードボイルドを自負している俺らしくはない台詞《せりふ》だったかもしれないが。

「それにしても……」

テーブルの中央に置いた平皿を見る。

静がかなり食べると読んでたから、結構余っちゃったな。

「うーん……」

一応ひよりんにルインしとこうかな。

蒼馬会に送ると静が気にするかもしれないし、個別ルインでいいか。

『夜ご飯、余ってるんで良かったら来てください。アクアパッツァです』

写真はエッテ様のツブヤキから拝借して、載せる。

それにしても静のやつ…………。

『今日の夜ご飯はアクアパッツァ！　オリーブオイルｆｅａｔ．魚の水煮、みたいな感じのイタリア料理だよっ！　＃エッテご飯』

俺の言ったことそのままじゃねえか。

しかもなんだ『＃エッテご飯』って。シリーズ化する気か。

エッテ様の呟きはまだ投稿して数分だというのに千リツブヤキされていた。リプも沢山来ている。

『凄《すご》い！　美味《おい》しそう！』

『めちゃくちゃお洒落…………』

『食べてみたい！』

などなど。

「……へへ」

悪い気はしないな、うん。

◆

『とっても美味しそう！　寄ってもいいかしら？　十時過ぎになっちゃいそうなんだけど……』

一時間のザニマス生放送を観終え、静の使った茶碗《ちゃわん》や箸を洗っていると、ひよりんから返信が来た。

十時過ぎっていうと…………今から丁度一時間後くらいか。それなら問題ないな。

『大丈夫ですよ。焦らず来てくださいね』

返信して、洗い物に戻る。それもすぐ終わり手持ち無沙汰になった。

「先にシャワー浴びちまうか」

そんな訳でシャワーを浴び、ぼーっと料理レシピサイトを巡回していると、インターホンが鳴った。モニターに映っているのは見覚えのあるクリームベージュのワンピース。

さっき生放送で映っていたままの姿のひよりんだった。

あれ、私服だったんだな。

急いで玄関のドアを開ける。

「こんばんは、お疲れ様ですひよりさん」

「蒼馬《そうま》くん。ごめんね、夜遅くに」

「いえいえ。入ってくださいな」

連れだってリビングに入る。

「軽く温めちゃうので、ちょっと待ってくださいね」

フライパンで軽く温めなおしてからテーブルに並べると、ひよりんは楽しそうな声をあげた。

「わあ。すっごく美味しそう。蒼馬くん凄いわねえ」

「そんなことは。白身魚って温めなおすとパサパサになっちゃうのでちょっと味は保証出来ないんですけど」

「ううん、絶対に美味しいわよ。あ、そうだ蒼馬くん、お酒付き合って貰《もら》ってもいいかしら？」

ひよりんはお酒のボトルと炭酸水を持参してきていた。

「是非是非。それは？」

「これはグレンモーレンジっていうウイスキーでね、柑橘《かんきつ》の香りがしてハイボールにするとすっごく美味しいのよ」

「そうなんですか」

聞いたことない名前だ。ウイスキーは角とかニッカしか買わないからなあ。

「ちょっとキッチン借りるわね」

勝手知ったる、という感じでグラスなどを用意するひよりん。やっぱ好き勝手やってくれた方が気が楽だな。

テキパキと作業するひよりんの背中を眺めていると、グラスを二つ持ったひよりんが戻ってくる。

「はい、どうぞ」

コト、とグラスが俺の前に置かれる。グラスの中では薄黄金色のハイボールが軽く泡を立てていた。

「蒼馬くん」

対面に座ったひよりんがグラスを持って俺に微笑《ほほえ》みかけてくる。

俺はグラスを持って、ひよりんのグラスに軽くぶつけた。

「それじゃ……頂きます」

蒼馬会第二部――始まり始まり。

「――つまりね、アメリカのウイスキーがバーボンでスコットランドのウイスキーがスコッチなの。日本のウイスキーはスコットランドのウイスキーを源流にしているから、スコッチに似ているのよ」

「へえ……そうだったんですね」

心配なんて何のその、アクアパッツァは早々にひよりんの胃袋に収まり、俺たちはお酒を飲んでいた。身構えていたものの酒乱の気配はまだない。いつもの穏やかなひよりんだ。

「因みに、スコッチとバーボンではウイスキーの綴《つづ》りが違うのよ。スコッチはeがなくてｗｈｉｓｋｙ、バーボンはeを足してｗｈｉｓｋｅｙなの。ラベルに注目してみると面白いわよ。メーカーズマークはスコットランド系移民が始めたブランドだから、バーボンなのにeがないんだけどね」

ひよりんはいつになく饒舌《じょうぜつ》で、楽しそうに顔を綻ばせている。本当にお酒が大好きなんだなあ。

「ひよりさんは外でもよく飲むんですか？」

俺は何となく気になってそんな事を聞いてみた。

というのも、外で昨日みたいな状態になったら大変じゃないか？

それにあんなひよりんを誰かに見られるのは……何か嫌だった。

他の人に甘えるひよりんを見たくはない。それが男だったら尚更《なおさら》だ。

ひよりんは俺の質問に少し恥ずかしそうに顔を歪《ゆが》めた。

「あはは、それがねえ？　私、酔うと暴れちゃうらしくて外では飲まないようにしているの。お酒はそんなに弱い訳ではないんだけれど、念のためね……」

「なるほど、そうだったんですね」

ひよりんは自分が酒乱だという事は自覚してたのか。それなら外でああなってしまうことはないか。

「そういえば昨日……私、蒼馬くんに何かしちゃってない？　あの量じゃいつもは酔わないんだけどね……昨日は楽しくて、気付いたら酔っちゃってたみたいなの」

あの量じゃ酔わない…………？

昨日のひよりん、ビールのあとにストロング缶三本空けてた気がするんだが。めちゃくちゃ酒強いじゃん。

「あー……うん。大丈夫でしたよ」

昨日の事を思い出して恥ずかしくなり、俺は顔を背けた。

気を抜くとあの柔らかな感触を思い出しそうになる。

「うそ。その態度は私何かやっちゃったんだね……教えて、私何しちゃったの……？」

ひよりんの潤んだ瞳で上目遣いに見つめられる。

多少酔っているのか頬は上気していて、なんとも艶《なま》めかしい。

俺は急激に顔に血が集まるのを感じた。頬がかっかっとして、鼓動が速い。

思考能力が低下してしまったのか、俺は本当の事を言ってしまった。

「……膝の上に乗せられたり。抱き締められたり……しました」

「〜〜〜〜〜〜っ」

ひよりんは俺の暴露を聞いて両手で顔を覆った。耳まで赤くなっている。

「ごめんね……嫌だったよね、こんなおばさんにくっつかれて……」

顔を覆ったままひよりんが謝ってくる。声が少し震えている気がした。

「そんな事言わないでください！　あの…………なんというか、嫌、ではなかった、ので……」

「…………え？」

ひよりんは顔を覆ったまま、ピッと指を開いて目の所に隙間を作り俺を見てくる。

「ほ、ほら！　俺ひよりん推しなので！　寧《むし》ろ嬉《うれ》しかったというか何というか………」

ひよりんを元気付けようと無軌道に喋《しゃべ》り出したのはいいものの、もしかして今トンデモナイ事言ってないか!?

あのウイスキー、アルコール度数何パーセントだよ。絶対酔っぱらってるわ今。

「蒼馬くんは……私にぎゅーってされると、嬉しい、の？」

「え……？」

ゆっくりと顔から手を離し、ゆでだこみたいになったひよりんが現れた。

「いい……よ……？　お料理、作って貰ってるし。ぎゅーって……して、あげても」

ひよりんは顔を赤くしてそっぽを向き、指先をいじいじ絡ませながら……そんな事を言ってきた。

「ちょ——ひよりさん酔ってません!?」

「う、ううん酔ってないけど……今ね、とっても恥ずかしい」

てへへ、と笑うひよりんの横顔が可愛《かわい》すぎて、俺は恋に落ちそうになった。

「あはは、そうですよねっ。と、とにかくぎゅーは止《や》めましょっ。俺も変になっちゃいそうなので！　というか何かちょっと変な空気ですから今！」

パタパタと顔をあおぎながらひよりんから目を逸《そ》らす。

今のひよりんを見ていたら……正直言って欲求のままに押し倒してしまいそうだった。

「そっ、そうだね。ごめんね、ヘンなこと言っちゃって。忘れてね」

「ハイ！　忘れます！　綺麗《きれい》さっぱり忘れますから！」

「でも……ありがとうね。嬉しいって言ってくれて」

「……はい」

ドキドキしたものを抱えながら、蒼馬会第二部は終わりを告げたのだった。

七章　水瀬真冬はヤンデレない

それから二週間ほど平和な日々が続いた。

静《しずか》は相変わらず俺の料理を「自作だ」と偽りツブヤッキーにアップし「エッテ様は家庭的だなあ」という評判をほしいままにしている。エッテ様のファンがリプで「美味しそう！」と沢山言ってくれるので、俺も内心ウキウキだった。

また、片付け癖はなかなか身に付かず俺が週に一回大掃除をしている。そろそろゴミ屋敷から卒業して欲しいもんだ。

ひよりんとは頻繁に宅飲みをするようになった。たまに飲み過ぎて暴れるけど、基本的にはまったりとした時間を過ごせている。ザニマスの他の声優との絡みやライブの裏話など、貴重なエピソードも聴くことが出来たし、今度ザニマスのライブ鑑賞会をやることになったので今から楽しみだ。

真冬《まふゆ》ちゃんとは……最近顔を合わせていない。

蒼馬会に来たのもあの一度だけで、大学でもなかなか会わなくなった。

唯一『情報メディア学』の講義では顔を合わせるけれど、真冬ちゃんは友人のアリサちゃんと一緒にいるので話しかけにくかった。そんな訳で真冬ちゃんとは最近ちょっと疎遠だ。

――そんな、ある日の休日。

ピンポーン。

インターホンの機械的な音がリビングに響く。

「誰だろ、こんな真っ昼間に」

怪訝《けげん》に思いながらモニターを確認すると、そこに映っていたのは静でもひよりんでもなく、なんと真冬ちゃんだった。そして、その背後では屈強な男たちが段ボールやら家具やらを空き戸に運んでいる。

「まさか――――」

――引っ越して来たのか？

逸《はや》る気持ちを抑えて玄関の扉を開けると、真冬ちゃんがぱぁっと顔を綻ばせた。

「お兄ちゃん……来ちゃった♪」

◆

「じゃあ、お母さん引っ越し許可してくれたんだ」

「ちょっと無理言っちゃったんだけどね。お兄ちゃんがいるって言ったら『それなら安全だ』って。お母さん、お兄ちゃんに会いたがってたよ」

「懐かしいなあ。もしこっちに来ることがあったら教えてよ」

自然な流れで俺は真冬ちゃんの荷解《にほど》きを手伝っていた。

空に赤色が混じり始めるころには粗方片付け終わり、今はお喋りメインでまったり手を動かしている。

因《ちな》みに途中で静がエントランスからぬっと顔を出して様子を見に来た。

引っ越してきたのが知り合いじゃなかったら完全に不審者なんだが、もしかしてひよりんの時も同じことをしたのか……？

結構ポンコツだよな、あいつ。

「それにしても——安心したよ。最近真冬ちゃんとあまり話せてなかったからさ。もしかして嫌われちゃったのかなって思ってたんだ」

「私がお兄ちゃんの事嫌いになるなんて、地球が滅んでもありえないよ？」

キョトン、と首を傾《かし》げる真冬ちゃん。

避けられてると思っていたんだが……気のせいだったのか？

とにかく勘違いでよかった。

静、ひよりん、そして真冬ちゃん。

真冬ちゃんが引っ越してきて、なんとお隣さんは全員知り合いになった。愉快な生活になりそうだな。

「そうだお兄ちゃん。これ受け取って欲しいんだ」

そう言って真冬ちゃんは俺の手を両手でぎゅっと包んでくる。

あたたかな感触の中に、冷たい硬質の何かがあるのが分かった。

「――鍵？」

真冬ちゃんの手が、ゆっくりと離れていく。

手のひらに残されたのは凄《すご》く馴染《なじ》みのある型式の鍵だった。

「合鍵、渡しておこうと思って」

合鍵……？

手渡された鍵をまじまじと見つめる。

俺の家と同種の鍵だ。確かにこれはこの家の鍵なんだろう。

しかし分からないことがある。

「……一体なぜ俺に合鍵を？」

合鍵って同棲《どうせい》とか結婚を考えてるようなカップルが渡すもんだろ？

記憶を掘り起こすまでもなく、真冬ちゃんから合鍵を渡される理由はない。

最近はひよりんとしか飲んでないから、酔っ払って告白したとかもないし。そもそも近頃は疎遠気味だった。

真冬ちゃんは俺の疑問が疑問なのか、首を傾げた。そこで首を傾げるのはおかしいと思うけどな。

「お兄ちゃん。お兄ちゃんは、私のお兄ちゃんなんだよね？」

正確には違うぞ。

と言いたい所だが、妙に迫力のある真冬ちゃんに気圧《けお》され俺は頷《うなず》く事しか出来ない。目が笑ってないんだよ真冬ちゃん。美人が真顔だとそれだけでちょっと怖い。

「あ、ああ……」

コクコクッと俺は首を縦に振った。

「兄妹の間に隠し事なんてあっちゃいけないでしょ？　私はお兄ちゃんだったら何を見られても大丈夫」

目の前の真冬ちゃんが俺の知ってる真冬ちゃんとは思えず、背筋に寒いものが走る。

真冬ちゃんは一歩踏み出し俺の目の前に来ると、俺の胸に手のひらを乗せ上目遣いに見上げてくる。

「――お兄ちゃんも、そう思うよね？」

「そ、そうだな。その通りだ」

真冬ちゃんが何を言っているのかを理解しないまま、俺は首肯した。それは生存本能からくる行動だった。今はとにかく真冬ちゃんが怖かった。早く楽になりたかった。

真顔だった真冬ちゃんが、急に笑顔になる。

「良かった、お兄ちゃんも同じ気持ちだったんだ。じゃあ、お兄ちゃんの合鍵も……頂戴？」

俺はいつ間違ってしまったんだろうか。

手のひらを差し出して合鍵を要求する真冬ちゃんは、よく見れば生気を失ったような目をしていて、それは何かを間違った俺への罰だとしか思えなかった。

神様お願いします。どうか真冬ちゃんを元に戻して下さい。

そんな願いは誰にも届くことはなく、俺は真冬ちゃんに急《せ》かされスペアの鍵を取りに自宅へ走るのだった。

◆

「まさか引っ越してくるとは……」

「あなたのような悪い虫がお兄ちゃんに付かないように見張りに来たの」

「虫ィ!?　年上に対しての口の利き方を知らん奴《やつ》め……」

「私は敬意を払うべき相手には相応の態度を取るわ。静、あなたはそうじゃないってだけ」

「ぬぎぎ……言わせておけば……」

「ふふ、ふたりとも本当に仲良しねえ」

三人の楽しげな声がリビングから響いてくる。

真冬ちゃんが蒼馬《そうま》会に入ることをひよりんは快諾してくれた。静はなんか「うぐぐ……」とか唸《うな》ってたけど、楽しそうに話している所を見るとやはり歳《とし》の近い同性が増えるのは嬉《うれ》しかったと見える。

「……最近は賑《にぎ》やかな食卓にも慣れてきたな」

一人で飯を食うのが寂しいと感じる人は意外と多いらしい。静もそうだった。だが俺は二年間一人暮らしをしてきたけど、そんな感情は一度も胸に飛来しなかった。

寧《むし》ろ蒼馬会が始まった最初の頃は、賑やかな夜飯に内心少し気疲れしていたくらいだった。

しかし最近は静のやかましい叫び声やひよりんのゆったりした笑い声、そしてたまの酒乱がないと物足りないと感じる時がある。

それが成長なのか退化なのかは分からないが、今日からまたひとつ食卓が賑やかになる事を俺は嬉しく思っている。つまりそういう事だ。

「静、あなたお兄ちゃんが作った料理を自作だと嘘《うそ》をついてツブヤッキーにあげているでしょう」

「ちゃ、ちゃんと許可は取ってるからねっ？」

「バラしてしまおうかな」

「ひいっ……あっ、そんな事したら蒼馬くんは悲しむと思うよ？　なんたって蒼馬くん、私のファンだし？」

「チッ……命拾いしたわね……」

「若いっていいわねえ」

「お待たせー、今日は中華だぞー」

今日は真冬ちゃんが正式に蒼馬会に入った記念ってこともあって、いつもより品目多めだ。

大皿をテーブルに並べていくと三人の顔がぱあっと華やぐ。

「うおー、美味《おい》しそー！」

「お兄ちゃんの手料理がまた食べられる……」

「今日はビールにしようかしらね」

不便だな、と思っていた四人掛けテーブル。それがまさかこんな形で全員埋まるなんて。

月並みなセリフだが、人生何があるか分からない。

◆

「…………は？」

目を覚ますと、真冬ちゃんが隣で寝ていた。

シングルベッドの中で、唇どうしがくっついてしまいそうな至近距離に海外の高級なドールのような真冬ちゃんの顔がある。ひとつの枕をふたりで使っているような形になっていた。

真冬ちゃんは小さく胸を上下させてすぅすぅと寝息を立てている。

状況が呑《の》み込めず周囲に視線を彷徨《さまよ》わせるが、いつもと同じ天井。俺のベッドだ。変わったことはひとつもない。

「…………」

……これはきっと夢だ。

そう思って真冬《まふゆ》ちゃんの頬をつねってみた所、やはり痛くない。

そーかそーか……これは夢だったか。

そうだよな、真冬ちゃんが隣で寝てる訳ないもんな……。戸締りだってキチンとしたし。

最近身の回りの人が夢に出てくることが多いなあ。この前も何故《なぜ》か下着姿のひよりんが出てきた。困ったもんだ。

「うーん……おはよう、お兄ちゃん」

頬をつねったからか真冬ちゃんが目を覚ました。俺が起きていることに気が付くと、幸せそうに目を細める。

「おはよう、真冬ちゃん」

リアルな夢だなあ。まるで現実みたいだ。

横向きに向かい合ったまま、真冬ちゃんのほっぺをつまんでみる。もちもちのおまんじゅうがそこにあった。凄いリアルな質感。今日の夢はやたら現実感がある。

「なあに、お兄ちゃん？」

真冬ちゃんがほっぺを包むように俺の手を摑《つか》まえる。そのままゆっくり俺の手を顔から引き離すと、真冬ちゃんは目を閉じ、ゆっくりと顔を近づけてくる。

元々十センチも離れていない。

真冬ちゃんの瑞々《みずみず》しい唇が、ゆっくりと俺の唇に――――


「いや待て――――い！！！」


ベッドから跳ね起きる。

あやうく流れに身を任せる所だった。今の真冬ちゃんに全てを委ねたら明日には婚姻届けを役所に提出されかねん。

「もう少しだったのに……」

「真冬ちゃん！　どうして俺のベッドで寝てるの！」

不満そうに頬を膨らませている真冬ちゃんに説教する。確かに昔は一緒にお昼寝した事もあったかもしれないけれど、大人になった今、それとこれとは訳が違うんだ。

「寝ぼけて間違えちゃったみたい」

「なわけあるか！　合鍵使って入っただろ！」

俺に威厳がないせいなのか、真冬ちゃんは全く悪びれる様子がない。育て方を間違えてしまったのかな。

「……そもそもお兄ちゃんが悪いんだよ？　せっかく合鍵渡したのに、夜這《よば》いしてこないんだもん。私、起きて待ってたんだから」

「………はい？」

突然別の世界の常識を持ち出されて俺は困惑の声を出した。

一体いつからこの世は夜這いがマナーになったんだ？

やっぱり夢なのか？

疑問ばかり浮かんでくる。

「真冬ちゃん、君は幼稚園に入りなおして情操教育からやり直すべきだ」

「赤ちゃんプレイがしたいの？　そうなら早く言ってくれればいいのに」

「違うわい！　はあ……真冬ちゃんだけはまともだと思ってたのに……」

「ふふ、これからよろしくねお兄ちゃん」

意味深な笑みを浮かべながら真冬ちゃんが起き上がる。

俺が跳ね除《の》けたせいで下半身だけに掛かっていたタオルケットから、その美術品のような生足が――

……生足？

「ちょっ、真冬ちゃんなんで下履いてないの!?」

慌てて目を背ける。

真冬ちゃんは上はシャツ一枚、下はなんとショーツしか履いていなかった。雪のように白く、そしてすらっとした生足が惜しげもなく晒《さら》されている。

おい……俺寝てる間に襲われてないだろうな!?

不安になり身体《からだ》のあちこちを確かめる。

「こうじゃないと眠れないの。安心してね、今日は何もしていないから」

俺の様子を見てか真冬ちゃんがそんな事を言ってくる。

今日は、ってどういう意味だよ。

「無理やりとかはダメだからね……」

疲れてそんな事しか言うことができない。大きなため息をつくとスマホのアラームが鳴り響いた。いつもの時間になったらしい。

「やっぱ夢じゃないか………それはそれとして真冬ちゃん、朝ごはん食べてく?」

「うん。ありがとう、お兄ちゃんっ」

真冬ちゃんにはあとで最寄りの幼稚園を紹介しなきゃな……そんな事を考えながらキッチンに移動し、卵をふたつフライパンに落とす。

今日も一日が始まる。

◆

俺と真冬ちゃんが通っている大学は、駅から出て歓楽街から遠ざかる方向に十分ほど歩いた所にある。

背の高いビルが姿を潜め、代わりに緑が増え始める通学路は普段は人通りも少ないが、一限前となれば話は別だ。

決して広くない大学沿いの道は一限からちゃんと講義を入れている者、あるいは運悪く必修が一限になってしまった者たちでごった返していた。朝の風物詩みたいなものだ。

そんな中を真冬ちゃんと二人で歩く。

「ふわぁ……ねっっむ………」

梅雨時期の朝はもわっとした空気が世界を包んでいて、思ったより大きなあくびが口から漏れた。

「珍しいね、蒼馬くんがあくびなんて。寝たの遅かったの？」

隣を歩いている大学モードの真冬ちゃんが俺の顔を覗《のぞ》き込むように首を捻《ひね》る。

今日の真冬ちゃんは白いブラウスにグレーのストレートテーラードパンツという脚の長い人のみ許されたファッションで、そんな格好で身体を捻るもんだから視界の端で胸が強調されている。俺は努めて前方の景色に集中した。

「いや、寝た時間はいつもと一緒のはずなんだよなあ」

ベッドに入ってからミーチューブを観《み》てしまうので正確にいつ寝た、というのは分からないが、そう夜更かしした自覚はない。特別な事情がない限り六時間以上は睡眠を取るように意識している。

……というか、眠い理由ははっきりしている。

睡眠の質が落ちたのは間違いなく真冬ちゃんが添い寝してたせいだ。

未就学児と同等の羞恥心しか持ち合わせていない真冬ちゃんのことだから、きっと寝てる俺に色々悪戯《いたずら》したに違いない。

それを言ってやろうと思ったが……止《や》めた。

何故なら俺たちはバチバチに注目されている。

追い抜きざまに顔を一瞥《いちべつ》されたり、車道を挟んだ向かいを歩いている人から指さされたり、近場からはひそひそ話が聞こえてくる。

「釣り合ってないよね」だあ？

うっせえほっとけ。そもそも付き合ってねえよ。

「…………」

真冬ちゃんの気持ちが少し分かった気がするな。知らない奴《やつ》らにひそひそされたり、居ない所で話題にされるのは結構居心地が悪かった。大学に入学してからのこの数か月、今の何十倍もの視線をひとりで受け止めていたというんだから真冬ちゃんのストレスは計り知れない。

真冬ちゃんは大丈夫かな、と横目で確認してみた所、いつもの真顔ではあるものの、僅かに口角が上がっている気がした。

……なんで？

一周回って噂《うわさ》されるのが快感になってしまったんだろうか。

真冬ちゃんの羞恥心は未就学児レベルなんかじゃなく、一般人を遥《はる》かに通り越して玄人《くろうと》の域に達しているとでもいうのか。

「……蒼馬《そうま》くん、行こ」

真冬ちゃんがスピードを上げ、まったり歩きから早歩きくらいにまで加速する。

「ちょっ」

と待ってよ、と続けようとして言葉が途切れた。

いつの間にか真冬ちゃんは俺の手をしっかりと握っており——よりにもよって恋人繋《つな》ぎだ——俺は引っ張られるように群衆の間を追い抜いていく。

「工学部の撃墜王だ」

「うーわ、彼氏出来たってマジだったのかよ。つか彼氏誰あれ」

「俺も手繋ぎてえ……つかエロいなー尻」

「いや胸だろ胸。一万払うから触らせてくんねえかなあ」

「あれが夜な夜な好きにされてんのかと思うとまーじでショックだわ」

ひそひそ話がさっきの五倍聞こえてくる。

「……なんだアイツら」

噂してるのは、きっと真冬ちゃんと話したことすらない無関係の人たちなんだろう。そんな奴らが真冬ちゃんの事を下品な言葉で好き勝手言っている。

その事が……とても腹が立った。

「真冬ちゃん、ちょっと」

「え？」

俺は真冬ちゃんの手を振り解《ほど》くと、丁度追い抜いたばかりの男三人組の下へ引き返した。

色んな奴らが噂していたが、こいつらが一番酷《ひど》かった。わざと真冬ちゃんに聞こえるように下ネタ言ってたしな。

「ちょっといい？」

「ん？」

「俺らっスか？」

「はあ」

三人組は恐らく一年生だ、何となく雰囲気で分かる。

大学に入ればどんな奴もそれなりに砕けてくしゃくしゃになる。小学六年生のランドセルが無数の傷で埋め尽くされているように。だけどこいつらはまだ立ち居振舞いがピッカピカだ。小学一年生のランドセルだった。

俺は真ん中のリーダーっぽい奴を真正面から睨《にら》んだ。プリンみたいな頭しやがって。入学直後に金髪にして放置してんじゃねえよ。二週間毎《ごと》に染め直せバカ野郎。

「あんさ、俺の彼女にヘンな事言うのやめてくんない」

「えっ？　や、別に何も言ってないスけど」

プリン頭ははじめは困惑したものの、知り合いと一緒にいる手前オラつくしかないんだろう、不自然に語尾を下げて精いっぱい不機嫌なアピールをしているみたいだ。

全く下らない。

「そういうのいいから。別に喧嘩《けんか》売ってる訳じゃなくてさ、真冬《まふゆ》ちゃんに聞こえるように下ネタ言うの止めろっつってんの。分かったのか分からないのかだけ答えろよ」

喧嘩になるならそれはそれで別に構わない。あまり細かい事を考える余裕はなかった。

道の真ん中で揉《も》めている俺たち四人と俺の後ろにいる真冬ちゃんを、沢山の人が迷惑そうに追い抜いていく。その視線は殆《ほとん》ど全てプリン頭たちに向けられていた。

会話の内容が聞こえていたのか分からないが、何で揉めているか周りにバレバレらしい。

「……だっせ。何ムキになっちゃってんの。ハナから興味ねーし……おい、行こうぜ」

周りの視線に耐えられなかったのか、プリン頭は効いてませんオーラを全身から出して俺の横を歩いていった。残された二人も微妙な顔でそれに続く。

ちゃんと真冬ちゃんに謝らせようかとも思ったが、やりすぎると真冬ちゃんに迷惑がかかる可能性があるか。

まあ往来でこんだけ恥をかいたんだ、もうあいつらは二度と真冬ちゃんに関わってこないだろう。

「ごめん真冬ちゃん――」

振り向いて、真冬ちゃんに声を掛ける。

掛けたのだが――真冬ちゃんの目がもう完全にハートマークになっていて俺は言葉を

失った。

「俺の『彼女』にヘンな事言うのやめてくんない……俺の『彼女』に……えへへ……」

真冬ちゃんは俺がさっき言ったセリフを念仏のように繰り返していた。

やっべ……他に言い方がなかったからとっさに彼女呼ばわりしたのがクリティカルしてしまってる。

「あ、あの……真冬ちゃん？　彼女っていうのは、場の流れというか……言葉の綾《あや》というか………」

何とか誤解を解こうと試みる俺に、真冬ちゃんはキッと視線を尖《とが》らせた。

「綾って誰よ。蒼馬くんは私の彼氏なんだから他の女の子の話しないで」

言葉の綾は女の子じゃねえ！

つか、彼氏でもねえ！

……今日を境に「工学部の撃墜王を撃墜した奴がいる」という噂は「どうやら彼氏は三年の天童《てんどう》蒼馬という奴らしい」という風に変貌を遂げるのだが……それはまた別の話。

私は何もしないのが得意だ。

特にベッドの上でゴロゴロする事にかけては地元じゃ負け知らずだった。きっと東京でもかなりのゴロゴロリストに違いないと自負している。

『おいすー、調子どうー？』

そんな訳で一時間くらい特に何もせずベッドの上でぬべーっとしていると、ゼリアちゃんからルインが来た。

ゼリアちゃんはバーチャリエラの私の同期だ。

『人間界に迷いこんだ小悪魔』という設定で、黒のフリフリドレスに小さな角がチャームポイントだ。

小悪魔なのでわざと質素な感じに衣装が作られていて、よく言えばちんちくりん。悪く言えば小物っぽい雰囲気がある。その雰囲気がゼリアちゃんに酷い事をして楽しむ『ゼリ虐』というコンテンツにマッチしているのか、ゼリ虐したいというファンが後を絶たないらしい。興味本位で調べてみたらそういう感じの薄い本がたくさんあって笑ってしまった。

ゼリアちゃんとは同期という事もあってよくコラボするし、こうやってプライベートでいかもしれない。

連絡を取り合うくらいには仲がいい。バーチャリエラの中で一番仲が良いって言ってもい

『おいすー、いい感じだよー』

『そかそか。一人暮らし満喫してるみたいだなー。エッテ飯人気みたいじゃん』

「あはは……」

小さな嘘《うそ》から始まった『エッテ様は女子力が高い』というイメージは、もうすっかりバーチャリエラファンの共通認識になってしまっていた。

今更『嘘でしたー』なんて言える訳もなく、実は今頃になってどうしよう……と少し不安になっていたりする。

『ところでさ、家行っていい？　遊ぼーよ！』

本題はそれだったんだろう。ゼリアちゃんは私の返信を待たずに連投してくる。

「遊びたいけど……うち……？」

ベッドの上から配信部屋兼寝室を見渡す。

――パソコンデスクの上はカフェオレの空容器とペットボトル、それからエナジードリンクで溢《あふ》れ、乗り切らなかった分は床に転がっている。

――ベッドの周りはお菓子のゴミが散乱していて、ベッドから降りようとすると何かしら踏みつぶさなきゃいけないせいで、そのほとんどがぺちゃんこにつぶれている。

――床は足の踏み場もないほどハンバーガーチェーンの袋で溢れているけど……まあこ

れはハンバーガーが美味《おい》しすぎるのが悪いから私の落ち度ではないか。

「呼べないよねえ……」

この部屋を見て『エッテ様は家庭的だね』なんて言う人は多分一人もいないだろう。いたら逆に怖い。余程歪《ゆが》んだ家庭で育ったに違いない。

いつも蒼馬くんが週末に片付けに来てくれるけど、それも一瞬で元通り。多分私には片付けの才能がないんだと思う。

うん、無理無理。呼べる訳ない。遊ぶにしても外がいいな。

『遊ぼ！　でも外にしない？　うちまだ引っ越しの荷物とかでちょっと散らかってて』

一般的にはちょっとどころじゃないけど……私の感覚では今の状態は『散らかってる』に入ってないし。そういう意味では嘘はついてない。

それにしても、ゼリアちゃんどんな人なんだろ。通話は数えきれないほどしてきたけど会った事はないからなあ。案外大人のお姉さんだったりして。それはないか。

そんな妄想をしていた私は、急転直下地獄まで叩《たた》き落とされた。

『エッテの家がいいなー。オフコラボしたみ！　エッテご飯食べたいし！　というかもうツブヤッキーで言っちゃったｗｗｗｗ』

「えっ!?」

オフコラボというのはＶＴｕｂｅｒの中の人同士がオフで集まって配信することだ。大抵誰かの家で行われる。中の人のオフの姿が垣間見《かいまみ》えたりして、チャット欄がとても盛り上がるお祭り的なコンテンツ。

この前までド田舎暮らしだった私は勿論《もちろん》オフコラボなんてしたことはないし、上京したらオフコラボしてみたいなあ……なんて思ってた。

だけど！

「言っちゃったってなにさ！」

慌ててツブヤッキーを確認する。

ゼリアちゃんゼリアちゃんゼリアちゃんっと……

「…………うげッ」


『【告知】エッテは本当に家庭的なのか!?　私はその謎を解き明かすべくエッテの家へと向かった【オフコラボやります！】』


「なんなのよもぉ〜〜〜〜！」

ゼリアちゃんの最新ツイートはとんでもない内容だった。私は思わず両手で頭を抱え天を仰いだ。

『勝手に決めないでよ――――！』

『えーでもさー、前に家遊びに行くねって言ったらいいよーって言ってたじゃん』

『そうだけど！　オフコラボは聞いてない！』

『うちのリスナーがエッテとオフコラボしろって聞かなくてさｗｗｗｗｗｗまあ観念して私に手料理を食べさせてｗｗｗｗｗ』

ゼリアちゃんのツイートは既に何千リツブヤキもされている。楽しみーってリプも沢山来ていた。今更なかった事には……多分出来ないよね。

それに頑《かたく》なに拒んだらゼリアちゃんとの雰囲気悪くなっちゃいそうだし……ゼリアちゃんと遊びたくない訳ではないんだ。勘違いされるのも嫌だった。

『日程は私が決めるからね！』

既に半泣きの私に出来るのは、蒼馬《そうま》くんが大学から帰ってくるのを待つことだけだった。

「はっきり言うわ。無理」

「そんなあ……」

いつものテーブルに座っている静《しずか》は、母親に叱られている子供のように項垂《うなだ》れた。

大事な話がある――そんなルインが静から送られてきて急いで帰ってみれば、聞かされたのはとんでもない話だった。

「部屋の掃除ならしてやってもいいが、今から静を料理上手にするのは天地がひっくり返っても不可能だ。お前、包丁握った事あるのか？」

「ええと……小学校の調理実習が最後かな……あれも何故《なぜ》か途中で取り上げられちゃったけど……」

「その頃からかよ。年季入ってんな」

小学校の調理実習なんて、生徒が未熟な事をある程度想定してやるもんじゃないのか。それでも包丁取り上げられるって一体何したんだよ。振り回したりしてないだろうな。

「オフコラボはゼリアちゃんに事情を話して協力して貰《もら》った方がいいんじゃないか？」

聞けば静とゼリアちゃんは会った事はないものの仲はいいらしい。打ち明けたら協力してくれそうな気もするが。

「うう……やっぱりそれしかないのかなあ」

静は心底嫌そうに呻《うめ》いた。見栄《みえ》張ってたのがバレるのが恥ずかしいんだろう。気持ちは分かるがこればっかりは仕方ない。

料理は遊びじゃないんだ。刃物だって扱う。中途半端に教えて、それで静が怪我《けが》でもしたら俺は自分を許せる気がしなかった。

「静の為《ため》でもあるんだよ、分かってくれ。ゆっくり時間を取って覚えたいって言うんならいくらでも教えるからさ」

「………それはいい……」

いいのかよ！

女性が料理を作るべき、みたいな古い考えはイマドキナンセンスだけどさ、少しくらい作れるようになっといたらいつか自分を助けると思うんだけどなあ。

「——とにかく。俺が協力出来るのは部屋の片付けまで。それを踏まえた上でどうするか決めてくれ」

「ふえええん」

世界の終わりだー、とでも言いたげにテーブルに突っ伏す静。

……まあ遅かれ早かれ、こうなってたと思うぞ。

◆

『えええええええええええええ!?　エッテ飯嘘っぱちだったすか!?』

『う、うん……ごめんね、嘘ついてて……』

その日の晩、私は早速ゼリアちゃんと通話をすることにした。配信は関係なく完全にプライベートだ。

『いや～ちょっと……頭ついてきてないっす。え、だってめっちゃノリノリだったじゃないすか？　ツブヤッキー』

『うぐっ……。ちょ、ちょっと気持ちよくなっちゃってさ………はは』

【今日のご飯は麻婆茄子《マーボーなす》♪　隠し味の山椒《さんしょう》が効いてて今日みたいな暑い日にぴったり！　＃エッテご飯】

【今日はじゃがいものガレット～。フランス料理を作るのは初めてだったけど美味しく出来て一安心★　＃エッテご飯】

【たまには和食を、ということで今日は肉じゃがです！　カレーと肉じゃが、あなたはどっち派?♡　#エッテご飯】

………死にたい。

嘘だと知られてしまった今、自分の過去ツブヤキを今すぐゼリアちゃんの脳内から消去したい衝動が私を襲う。

あ――もう……恥ずかしすぎる………。

『は～、まさかあの感じでエッテ作ってなかったなんてびっくりっす……あれ？　じゃああれは誰が作ってたっすか？』

『えっと、隣に住んでる人が協力してくれてて……』

『へー……あ、それって荷解《にほど》き手伝って貰ったって言ってた人っすか？』

『えっ!?　そうだけど……よく覚えてたねそんな事』

確か引っ越した日にルインで言ったんだっけ。

『えー、でも確か男の人って言ってたっすよね。随分女子力高い人なんすねえ』

『本当にね………私と性別逆なんじゃないかなって感じだよ……』

口ではそう言ったけど、そんな事は思ってなかった。

私は蒼馬くんの男らしい所も沢山知っている。だからいくら家事スキルが高くたって、蒼馬くんは私の中ではかっこいい男の子だった。

『はえ～、じゃあエッテはその人の家で毎日夜ご飯食べてるってことなんすよね？』

『うん、そんな感じ……』

『ぶっちゃけ付き合ってるっすか？』

『つきッ!?　ちょちょっといきなり何言い出すの!?』

ゼリアちゃんがいきなり変なことを言い出すもんだから、私は飲んでるカフェオレを吹き出しそうになった。

『いやだって、普通に考えたら付き合ってるっすよそれ。気のない相手に料理振舞うっすか、普通』

『えっ………』

そうなのかな……蒼馬くんが私の事……？

そういえばこの前も私と一緒にいると楽しいって言ってた。私の事好きって言ってた気がする。

えへへ……嬉《うれ》しいな……。

『そ、そうかなあ？　何か他の人に悪いな……へへ』

『他の人？　どういうことっすか？』

『あ、えっとね。四人でご飯食べてるんだ。私と、あと女の人がふたり』

『ハァ!?　なんすかそれ、ハーレムものアニメか何かっすか!?　エッテ、いつの間にかハーレムものに組み込まれてるっすよ！』

『は、ハーレム……？』

蒼馬くんと付き合えるんだったら、別に私はハーレムでも構わないんだけど……。

『ちょっとその男に興味湧いてきたっす。エッテご飯の件は全面的に協力してあげるっすから、私にその人紹介して欲しいっす！』

エッテご飯の件は全面的に協力してあげる——その言葉に釣られて、私はゼリアちゃんをマンションに招待したのだった。

◆

「で、こうなってる訳か」

土曜の昼下がり。

いつものテーブルには静と、今日はもうひとり座っている。

肩口で切り揃《そろ》えられた黒髪に、サイドの前髪だけビジュアル系バンドのボーカルみたいなオレンジに染まっている。そんな見るからに陽気そうな子が静に連れられてやってきていた。薄《う》っすら開いた口からは八重歯が覗《のぞ》き、そのままハロウィンのお祭りに参加出来そうな子だな、なんて感想を抱く。

「初めましてっす。バーチャリエラ所属のゼリアってＶＴｕｂｅｒやってる本名《ほんな》みやびっす。ほんみょうって書いてほんなっす！」

「みやびちゃんね。配信を見たことはないけど勿論名前は知ってるよ。俺は天童《てんどう》蒼馬。よ

OSAKANA

ろしくね」

「そっすか。じゃあ今日から私の配信観《み》て欲しいっす！」

「うん、今度見てみるね」

見た目通りの明るい子だというのが今のやり取りだけで分かった。

年下だと思うんだけど、初対面の年上の男である俺にも全く物怖《ものお》じする様子がない。多分この世に怖いものなんてないってタイプだ。

「で、そのみやびちゃんが一体何の用？」

「同業者をひとり連れて行くから会ってほしい」と、静からはその連絡だけ受けていた。どうして俺がＶＴｕｂｅｒと会わなきゃいけないのかは分からなかったけど、まあオフコラボ関連かなと勝手に納得していた。どうやらビンゴだったらしい。

「んー、天童さんがエッテご飯の作者ってことでいいんすよね？」

静に視線を送ると軽く頷《うなず》いた。話したんだな。

「そうだけど……それが？」

もしかしてバーチャリエラには異性と関わるの禁止、みたいな決まりがあったりするんだろうか。それでみやびちゃんが事実確認に……って流石《さすが》にないか。

「エッテご飯、私も食べてみたいっす！　オフコラボの日、天童さんにご飯を作って欲しいんすよ！」

みやびちゃんは目をキラキラさせて椅子から身を乗り出した。

「それくらいならお安い御用だけど」

料理の依頼か。それ自体は構わない。

けれど、その前に一つ確認しなければいけないことがある。

「みやびちゃんはエッテご飯の継続に協力してくれるってことでいい？　俺は出来れば静のやりたいようにやらせてあげたいって思ってるんだけど」

「蒼馬くん……」

静が申し訳なさそうに俺を見る。

みやびちゃんは俺と静を交互に見まわし、何故かニヤッと笑った。

「勿論《もちろん》そのつもりっす！　エッテとは会うのは今日が初めてっすけど、親友だと思ってるっすから」

「そっか……うん、わかった。それなら俺はとびきり豪華なエッテご飯を用意するよ。静もそれでいい？」

「う、うん……ありがとね、二人とも」

「やったっすー！　エッテごはんっエッテごはんっ♪」

両手をあげて喜ぶみやびちゃんを見て「この子絶対いい子だな……」と密《ひそ》かに確信した。

◆

「……知らない女の匂いがする」

「怖いこと言わないで真冬《まふゆ》ちゃん。この世は圧倒的に知らない女の方が多いんだから」

最近の真冬ちゃんは自宅と勘違いしてるんじゃないかと思うほどナチュラルに俺の家に入り込んでくる。

静《しずか》とみやびちゃんが帰ったあと夜飯の準備をしていると、どこかに出掛けていたっぽい服装の真冬ちゃんがいつの間にかリビングにあがりこんでいた。

「それも……ふたつ!?」

「多分それ片方は知ってる女の匂いだよ」

合鍵取り上げるべきかなあ、なんて考えながら手を動かしていると足音が近付いてくる。

「ぎゅ――――……」

「……何してるの、真冬ちゃん」

「匂いの上書き」

背中に真冬ちゃんの温《ぬく》もりを感じる。

お腹《なか》に回された手がエプロン越しに身体《からだ》を撫《な》でまわしていく。

なんつーか、エロい触り方だ。

「真冬ちゃん、くすぐったいって」

手は止まらない。

胸やらお腹やらを行き来していた手が偶然かわざとか知らないが下に伸び始めたので、

俺は悪さをする手を捕まえた。

「イケナイ子にはお仕置きするよ？」

「いいよ……真冬にオシオキ……して？」

耳元で囁《ささや》かれ、息が吹きかけられる。こういうの、どこで覚えてくるんだか。

「じゃあ夜飯抜きね」

「えっ、それは聞いてないごめんなさい」

逃げるように身体が解放される。

「夜飯が食べたかったら大人しくリビングで待ってなさい」

「はーい」

足音が遠ざかっていく。

「…………」

ドキドキしてたの、バレてなかったよな…………？

真冬ちゃんのスキンシップはたまにラインを越えてくるから反応に困るんだよな…………。

「って真冬ちゃん!?　なんで寝室に入ろうとするの！」

足音があらぬ方向に動いていたから振り向いたら、真冬ちゃんは俺の寝室に侵入しようとしていた。

「彼氏のベッドの匂いを嗅ぐのは彼女の特権でしょ？」

「だから彼氏じゃないんだって……」

この前の件を真冬ちゃんはまだ引きずっている。何度説明しても理解しようとしてくれないので頭を悩ませていた。

真冬ちゃんが寝室に消えていくのを、俺は指を咥《くわ》えて見ていることしか出来ない。今は料理で手が離せないのだ。

「お兄ちゃんの匂いだあ。お兄ちゃん、夜ご飯出来たら起こしてねー？」

「ちょ、寝るなら自分の家で寝なって」

俺の注意を聞き入れるはずもなく、それっきり真冬ちゃんは静かになってしまった。

「全くもう……仕方ないなあ」

昔より手のかかるようになった大きな妹を、俺はどうしても突き放す気になれないのだった。もしかしてこれが共依存というやつなんだろうか。

朝起きて隣に半裸の真冬ちゃんがいる事に違和感を覚えなくなっている俺の方が、実は妹離れ出来ていない——なんてことは、きっとない。

◆

エッテ様とゼリアちゃんのオフコラボに関わることになってしまった俺は、オフコラボの雰囲気を掴《つか》もうとミーチューブで『オフコラボ　料理』で検索することにした。

検索トップに上がっていたのは同じバーチャリエラ所属のVTuber『魔魅夢《まみむ》メモ』と個人勢の『氷月《ひゅうが》こおり』というVTuberのオフコラボ動画だった。確か最近流行《はや》ってるバトロワ系ゲームが上手《うま》い人だったかな。

『こおりちゃんそれ何かけてんの⁉』

『何って、ソースです。私は目玉焼きにはソースしか認めていませんから』

『あり得ねえええええ！　普通ケチャップでしょwwwww』

「ケチャップ……？　初めて見ましたよ目玉焼きにケチャップかける人」

ガヤガヤと騒がしい生活音と共にふたりの掛け合いが聞こえてくる。

通常、VTuberの配信では生活音なんて殆《ほとん》ど入らない。精々雑談配信の時に飲食物の音が多少入るくらいだ。

けれどオフコラボ動画では料理する音などがバンバン入っていた。冷蔵庫を開け閉めする音や何かが焼ける音、かき混ぜる音から足音まで、まるでその場にいると錯覚するレベルで垂れ流しになっている。

「思ったよりわちゃわちゃしてんだな……でもこれ、まずくないか？」

俺は頭を抱えた。

動画を見るまでは、配信は静の家でやって貰《もら》っていい感じのタイミングで俺が料理をうちから運べばいいのかなあと考えていた。でも、どうやらそうもいかないらしい。

オフコラボで料理をするとなれば、その過程を実況するような流れにならざるを得ないらしい。当然、料理中の雑音も必要になってくるだろう。

「うちで配信して貰うしかないのか……？」

考えるまでもなく静の家で料理することは不可能だ。あいつの家には調理器具が何一つないし、そもそも空気が汚れている。

となればうちでやるしかない訳で。

現実的な案としては、『俺が無言で料理している隣で、静とみやびちゃんに上手いことわちゃわちゃして貰う』しかこの雰囲気を再現する方法はなさそうだった。

「……ま、とりあえず相談してみるか」

配信のこととか詳しくないしな。可能かどうかも含めて向こうで決めて貰うしかないだろう。

◆

「天童さんは絶対喋《しゃべ》っちゃダメっすからね。エッテは引っ越したの公言しちゃってるっすから、お父さんとか弟って言い訳も使えないんすから」

「分かってる。静、お前も絶対俺の名前呼ぶなよ。料理を作ってるのはお前なんだからな」

「う、うん。大丈夫……」

オフコラボまでもう少し。

我が家のリビングにはみやびちゃんによって色々な機材が運びこまれ、普段とは違う様相にどんどん緊張が高まっていく。

……数万人だぞ、数万人。いないものとして扱われるとはいえ実際はその場にいる訳で、もし何かやらかしてしまったら……と思うと正気じゃいられない。その場合被害を被るのは静とみやびちゃんだからだ。

「この角度ならカメラもオッケーっすかねー、マイクも大丈夫そうっす」

みやびちゃんがテキパキと準備を整えていく。聞けばオフコラボは何度もやっているらしかった。静は勝手が分からず手持ち無沙汰なようで、そわそわとリビングを歩き回っている。

「いやーそれにしても楽しみっすね！　エッテご飯で観《み》てから、アクアパッツァ食べてみたいなーって思ってたんすよ」

今晩の献立はみやびちゃんの強いリクエストで真鯛《まだい》のアクアパッツァになった。ただそれだけだと味気ないので、映えを意識して真鯛のカルパッチョも追加予定だ。今日は真鯛祭り。

「みやびちゃんの口に合えばいいけど。とりあえず料理の方は大丈夫そうだから、必要になったら呼んでくれ」

「了解っす！」

キッチン周りの用意を済ませ、自室に避難する。

慣れ親しんだ自室の空気に包まれて、非日常から日常に返ってきたような気持ちになった。

「流石《さすが》に緊張するな……」

心はそわそわと落ち着かず、何度もスマホで時刻を確認する。びっくりするくらい時間の進みが遅く、胸は鉛が詰まったかのように苦しい。気が付けば喉はカラカラに乾いていた。

「でも、二人はケロッとしてるんだよな……」

今回の件で改めて静の凄《すご》さを思い知った。これから数万人を相手にするというのに、まるで緊張している様子がない。本人は「大したことない」と謙遜していたけど、やっぱり才能があるんだと思う。

しばらくするとリビングからふたりの声が聞こえてきた。いつもの声ではなくＶＴｕｂｅｒ仕様の方。始まったんだ。

「おいっすー、ゼリアだよー！　聞こえるかー!?」

扉一枚挟んだ向こうから、さっきまでとはまるで違うゼリアちゃんの声が聞こえてくる。

「………」

居ても立っても居られなくなった俺は、サイレントモードにしたスマホでコメントの流れを確認することにした。音声は直接聞こえてくるからサイレントでも問題ない。なんと贅沢《ぜいたく》なことか。

配信ページを見るとエッテ様の初オフコラボという事もあってか視聴者数は三万人超え。チャット欄も大賑《おおにぎ》わいを見せていた。

コメント：『きちゃあああああああああ』
コメント：『おいっすー』
コメント：『おっ』

「聞こえてるっぽいなー！　よーしじゃあ挨拶するぞー！　小悪魔系ＶＴｕｂｅｒゼリア、今日はなんと――――！　エッテの家からお届けしてま――――す！」

コメント：『うおおおおおおおおおお』
コメント：『エッテ様ああああああああ』
コメント：『待ってました！』

「いやーそれもこれもねー、エッテが東京に引っ越して来たからこういう機会が設けられたってことでねー、私はほんと――に嬉《うれ》しい！　という訳で次エッテどうぞ！」

「どうもーアンリエッタでーす。今回のオフコラボ、実はゼリアちゃんが勝手に呟《つぶや》いてて、私は後になって知らされましたー。なんで後でボコボコにしときまーす。ゼリ虐しときまーす」

「それは謝ったじゃん！　やめてよ〜〜〜〜〜！」

コメント：『事後報告は草』
コメント：『流石ゼリア頭イカれとる』
コメント：『それでも付き合ってあげるエッテ様優しすぎ』

実際凄い子だよな、みやびちゃん。普通は事前に詳細詰めてから告知って流れだと思うし。もしその流れなら、静《しずか》は絶対自宅でのオフコラボは了承しなかっただろう。

だがもし仮にみやびちゃんの家でやるとなれば、エッテご飯を作ることは出来なかった。

そう考えたら結果的にこれで良かったのかもしれないな。雨降って地固まるというか。

「まあまあそれはあとで抵抗させて貰うとしてよ、ツブヤッキーで言った通り私は今日エッテのご飯を食べにきたんでね？　早速エッテには準備して欲しいなーって思うけども。お腹空《なかす》いちゃったし」

「人ん家来《ち》といて態度デカいなーこいつwまあしゃあない、振舞ったりますかー」

「やったー！　あざっすあざっすー！」

コメント：『エッテご飯！』
コメント：『裏で怒られるゼリアちゃんが目に浮かぶ』
コメント：『ゼリエッタてぇてぇ…………』

そろそろか……？

そう身構えているとゆっくりと自室のドアが開けられ、申し訳なさそうな表情の静が手招きしてくる。

……よーし、やるか。


「えー、なにそれ!?　捌《さば》くの!?」

「これは真鯛。今日はアクアパッツァとカルパッチョ作るから、捌いてみようかなーって」

「やばwwww魚捌ける人初めて見たwwwwww」

「いやいや、普通にいるでしょーよ」

俺を挟んで、静とみやびちゃんが掛け合いを始める。

キッチンに置いた俺のノートパソコンでコメントは見れるようにしてあるから、疑われたり不測の事態が起こってもある程度は対応出来るはずだ。

コメント：『魚捌けるのすげえ』
コメント：『エッテ様絶対いい嫁さんになるやんお姫様だけど』
コメント：『バーチャリエラで一番結婚したくない人と一番結婚したい人の組み合わせ』

……よし、今の所は大丈夫そうだな。

ホッと一息ついて、シンクの中で包丁を使い真鯛の鱗《うろこ》を落としていく。大きな鱗がボロボロッと取れて気持ちがいい。

「めっちゃうろこ落ちてて草なんだけどｗｗｗｗｗｗてか、うろこって取んないといけないんだねｗｗｗｗｗｗ」

「そりゃそーよ。うろこ取らないと……ほら、色々大変だからさ」

静は鱗を取る理由までは分からないんだろう、曖昧に濁した。

鱗は雑菌まみれだし生臭いし触感も悪いし包丁も入りにくくなるし、取るに越したことはないんだぜ。

「………」

鱗を取り終わったらヒレを切り落として、次に胸ビレの所から頭を切り落とす。そうしたら腹を開いて内臓を取り出し、一度全体的に水洗いをする。

「うおわあああああ内臓出て来たあｗｗｗｗｗグロすぎるｗｗｗｗｗｗｗｗｗｗ」

「あんたねー、そんな事言ってたら料理なんて出来ないよー？　慣れりゃなんてことないんだからこんなの」

　凄いな静、自分を棚に上げて完璧な演技を披露している。これが人気ＶＴｕｂｅｒの演技力だとでもいうのか。

コメント：『ゼリア賑やかし要員ｗｗｗｗ何か手伝えｗｗｗｗｗ』
コメント：『女子力通り越してお母さん力だろこれ』
コメント：『料理中のお母さんにちょっかいをかける子供みたい』

　水洗いが終わったら、あとは三枚におろして皮をひくだけだ。背びれの所に包丁を入れて、綺麗《きれい》に身を取り出すことに成功した。皮もささっと取り払う。

「よーし、終わりっ」

「すっごおおおおおお！　スーパーに売ってるやつになった！」

「片方はアクアパッツァにして片方はカルパッチョにするからねー」

　アクアパッツァのレシピはこの前と同じなので、特に迷う事はない。

　無言で手を動かし白ワインをスープに変えていく。

「うわ、料理に白ワイン使ってる……ちょっともう今からエッテの事シェフって呼ぼうかな」

「それは恥ずかしいからやめてｗ」

コメント：『シェフ』
コメント：『シェフいいね』

シェフいいな。静にとっては最悪の煽《あお》り文句《もんく》だろう。

今度呼んでやろっと。

そんなこんなで二人の自然な演技のお陰もあり、特に疑われることもなく料理パートは終了しようとしていた。

「完成っ。リビングで食べよー？」

「うわー、カルパッチョの盛り付け完全にお店じゃん！　なんか花みたいになってるし！　女子力たけええええええ」

二人は騒ぎながら料理を持ってリビングに移動する。

俺は心地よい疲労感に包まれながら、そんな二人の後ろ姿を見送った。

……あー、無事に終わって良かった。

コメントも何一つ不穏な雰囲気はない。エッテ様が料理を作ったものだと全員が思っている。

やっと肩の荷が下りたな……。

そう思った瞬間——

「お邪魔するわねー?」

「!?」

「!?」

「………?」

玄関から聞こえてくる声に、俺と静は飛び上がりそうになる。

今の声は……ひよりん!?

「わあ、いい匂い……って、どなたかしら?」

リビングに入ってきたひよりんが、みやびちゃんを見て首を傾《かし》げる。

……やべえ!　ひよりんに今日の蒼馬《そうま》会は中止だって連絡するの忘れてた!

コメント:『誰?』

コメント:『スペシャルゲスト!?』

コメント:『何か聞いたことある声』

「……!!」

「どうすんのよ!」と言いたげな目で静が俺に助けを求めてくる。

……ごめん、何とかしてくれ。

◆

「と、というわけでっ、スペシャルゲスト・声優の八住《やすみ》ひよりさんでーす！」

静が早口で何とか場をつなぐ。ひよりんは一瞬で状況を察したのか「やっちゃった？」という表情を浮かべた。

静はひよりんに対し手を合わせながら必死に頭を下げ、それを見たひよりんが負けじと頭を下げ合っている。

みやびちゃんはよく分からないが何か楽しそうにしていた。

「…………」

俺は急いでひよりんにルインを送った。

『今エッテ様のオフコラボ配信中です。一緒にいるのはゼリアちゃんです。俺はいないものとして振舞ってください』

俺が自分のスマホを指差してアピールすると、ひよりんは自分のスマホを確認して……

俺に向かって指で丸を作った。

コメント：『！！！？？？？』

コメント：『ひよりん!?』
コメント：『マジ!?』
コメント：『あの八住ひより？』
コメント：『えどういう関係なの!?』
コメント：『神回確定』
コメント：『やべえええええええええ』

人気声優のまさかの乱入に、チャット欄はかつてない勢いを見せていた。

「え、えーっと、こんばんはー！　声優の八住ひよりでーす！　ごめんなさい、オフコラボ中って知らなくてプライベートでエッテ様の家に遊びに来ちゃいましたー！」

コメント：『偶然だったのかwwwwwやべえwwww』
コメント：『エッテ様とひよりん仲良かったのか』
コメント：『盛り上がってまいりました』

「えっとねー、もう言っちゃうけど、私とひよりさんはマンションのお隣さんなの。それで普段から遊んでるんだ」

観念したのか静がひよりんとの関係を白状する。みやびちゃんはコメントと一緒になって「えええええ」と驚いていた。
コメント：『まさかすぎる』
コメント：『そんな夢のような場所がこの世にあるのか』
コメント：『俺もそこに住みたい』
「えっと……視聴者の皆さん本当にごめんなさい。すぐ帰りますから……」
コメント：『帰らないでえええええええ』
コメント：『ひよりんファンの俺氏、今マジで震えてる』
コメント：『折角だし三人でわちゃわちゃして欲しい』
チャット欄は折角やってきた大きな魚を逃すまいと必死だ。
「いやーマジでびっくりした！　あ、初めましてバーチャリエラ所属のゼリアっていいます！　よろしくお願いします！」
「あっ、初めまして。声優の八住ひよりです」
頭を下げあうふたり。
「突然なんですけどっ、今私たちオフコラボ中なんですけど、よかったらひよりさんも参加してくれませんか!?」

「えっ……いいの？　参加しちゃって」

「大歓迎です！　チャットの皆も参加して欲しいって言ってるんで！」

コメント：『ナイスゥ！』

コメント：『初対面の声優誘うのコミュ力高すぎだろｗｗ』

コメント：『ゼリ虐されすぎてメンタル鋼になっとる』

「それじゃあ、お邪魔しよう……かな？」

「やったー！　それじゃあ皆、ちょっとだけ打ち合わせしたいから、五分マイク切るね！　んじゃ！」

コメント：『了解です』

コメント：『承知！』

コメント：『らじゃー！』

「ほんっとうにごめんなさい！」

ひよりんが思い切り頭を下げる。

「いや、ひよりさんは悪くないですって、俺が今日の蒼馬会は中止だって伝え忘れていたせいですから」

「まあまあ、誰が悪いかなんて今はどうでもいいじゃないっすか。とりあえず天童《てんどう》さん料理お疲れ様っす」

　緊急事態にもかかわらず何ともマイペースなみやびちゃんの様子に、何となく空気が弛《し》緩《かん》する。

「どういたしまして。そういや俺もう必要ないよな?」

「そうっすね。これ以上何かあるとヤバいんで、とりあえず席外してて貰《もら》えると助かるっす。家借りといて申し訳ないっすけど」

「いやいや気にしないで。んじゃあ……」

　自室に籠もっててもいいんだが……音を出しちゃダメとなると何とも落ち着かない。外で暇を潰す場所の候補を考えていた所、ひとついい場所を思いついた。

「……俺は外出てるわ。食べ終わったら食器は適当にキッチンに置いといてくれればいいから」

「了解っすー!」

「蒼馬くん、本当にありがとね」

「気にすんな静《しずか》。オフコラボ楽しめよ。んじゃ」

　俺は玄関で鍵をふたつ持って外に出た。

ひとつはうちの鍵。
もうひとつは――

「お邪魔しまーす」

まさか真冬《まふゆ》ちゃん家の合鍵を使う日が来るとはな。

リビングに入ると、ソファに寝そべっている真冬ちゃんがいた。ノートパソコンをお腹《なか》の上に置いている。

「お兄ちゃん。大変みたいだね」

「ん？　ああ、観《み》てたのか」

ノートパソコンにはミーチューブが表示されていた。真冬ちゃんにはオフコラボの事を伝えていたから、気になったのかな。

「ほら、ここ座って？」

真冬ちゃんはソファから起き上って俺のスペースを空けてくれた。

「ありがとう。それじゃお邪魔するね」

ふかふかのソファが俺の尻をずっしりと受け止めてくれる。ソファに残った真冬ちゃんの体温を尻に感じてちょっと興奮した。

「おに～いちゃん♪」

座るや否や真冬ちゃんが腕に抱き着いてきた。多分わざとなんだろうけど、腕に思い切

り胸が当たっている。

わざとでも何でも興奮するものは興奮するもので、多分男は一生この柔らかさには勝てないんだと思う。

「ちょ、真冬ちゃん近いって。オフコラボ観ようよ、ほら」

すっかり隅に押しやられていたノートパソコンを膝の上に載せる。配信はもう再開しているようだった。

「ぶー、折角お兄ちゃんがうちに来てくれたのに……」

言いながらも、真冬ちゃんは俺の腕を抱き枕のようにしながらノートパソコンに視線を向けていた。

お邪魔させて貰ってる側だし、身体《からだ》くらいは快く貸し出そう。……でも俺の手を太腿《ふともも》で挟むのはやめてくれないか？

マジで生々しいから。ぬくもりとかそういうのが。

『うっっっんまぁぁあああああい！　エッテご飯うっっま！　やっぱいこれお店出せるって！』

『ゼリアちゃん大袈裟《おおげさ》だからwでもありがとねー』

『いや、私もお店出せると思うなー。私もうエッテご飯なしじゃ生きていけないもん』

『ひよりさんはいっつもエッテご飯食べてるんですか？』

『たまに食べさせて貰ってるんだー。私の元気の秘訣《ひけつ》だよ』

『いいなー、私も食べにこよっかなー』

さっきは不意を突かれて素が出てしまっていたけど、ひよりんもすっかり放送モードになっていた。

コメント：『ひよりんトレンド1位なってて草』
コメント：『トレンド1位マジ？』
コメント：『美味《おい》しそおおおおおおおおお』

「ホントだ、トレンド入ってる」

ツブヤッキーのトレンドを確認したら『ひよりん』がトップになっていた。そりゃあいきなり人気声優が乱入してきたら呟《つぶや》きたくもなるよな。ちょっと検索するだけで『エッテ様とゼリアのオフコラボにひよりん乱入してきて草』みたいな呟きが沢山あった。

「……お兄ちゃん、ダメだからね」

真冬ちゃんが不満げに呟く。

「何が？」

「蒼馬《そうま》会はもう満員なんだから。座る場所もないし」

「？……ああ、そうだなあ。食べたいって言ってくれるのは嬉《うれ》しいけど、わざわざ来て貰うのも悪いしな」

どうやら真冬ちゃんはゼリアちゃんの「食べにこよっかな」という発言が気になっているみたいだった。俺も同じ気持ちで、これ以上人を増やす気はなかった。蒼馬会は流れるように人が増えてはいったけど、別に誰でもウェルカムって訳じゃない。

たまたま隣に住んでる人たちが「この人になら料理を作ってあげたいな」と思える人たちだったってだけなんだ。

「真冬ちゃんにだけ言うけどさ……俺、最初は蒼馬会の度に結構疲れてたんだ。一人で食べるのに慣れちゃってたから。食べてる最中は楽しいんだけど、解散したあと疲れたーってなってたんだよね」

真冬ちゃんは相槌《あいづち》も打たない。でも、聞いてくれているのは雰囲気で分かった。

「でもね、最近は四人で過ごすあの空間が気に入ってるんだ。それは複数人で食べるのに慣れたってのもあるかもしれないけど、それだけじゃなくて…………やっぱり俺にとって蒼馬会の皆は特別なんだ。だから、もう人を増やすつもりはないよ。たとえ誰であってもね」

「……特別」

真冬ちゃんはぼそっと呟いた。

「特別って……私も？」

「勿論《もちろん》。真冬ちゃんも特別だよ」

「そっか……なら、いい」

ぎゅう、と腕を抱く力が強くなる。

ちらっと隣を盗み見てみれば——真冬ちゃんはとても穏やかな表情を浮かべていた。

「………………」

パソコンから騒がしく音声が流れてくるけれど、あまり耳に入ってこなかった。

真冬ちゃんと過ごすこの穏やかな時間の方が今は心地よかった。

言葉を交わした訳じゃないけれど——多分真冬ちゃんも同じ気持ちなんじゃないかなあって。

何故《なぜ》だか俺にはそんな確信があるのだった。

九章　天童蒼馬はほっとけない

蒼馬会の終わりに特に合図はなく、食事を終えた人から自宅に帰っていく。最初は皆でごちそうさまを言っていたんだがその習慣はすぐになくなった。そもそも人によって食べるスピードが違うし、静には夜の配信があり、ひよりんは仕事で疲れていて（酔って手が付けられない時もある）、真冬ちゃんも大学の課題とそれぞれ事情があるからだ。それなら各自解散にした方がいいんじゃないかという雰囲気になり、いつの間にかそんな感じで蒼馬会は運営されていた。

そんな中で、たまに食事を終えたのにもかかわらず自宅に帰らずリビングに粘る者たちがいる。それはお酒に付き合って欲しい時のひよりんだったり、勉強を教えて欲しい時の真冬ちゃんだったりする。今日は静だった。

「……ほんとーにやりたくない……」

静は力尽きた様子でテーブルに突っ伏していた。こめかみの辺りをべたっとテーブルにつけ、小さな顔を横向きに放り出している。脱力しきった唇は僅かにテーブルの表面を湿らせ、虚《うつ》ろな目の焦点はどこか遠い深宇宙で結ばれていた。

「どうしたんだ？　テーブル拭きたいから顔上げてくれると助かるんだが」

俺は湿らせた布巾を静の顔の手前まで滑らせる。すると生気の抜け落ちた灰色の瞳がゆっくりと動き、亀のような鈍さで布巾を捉えた。

「蒼馬くんさ……私見て何か思わない……？」

かすれて消えそうなその声に、俺はわざと素知らぬ振りで返す。

「さあ？　何か悪いものでも拾い食いしたのか？」

静の元気がないことには食事中から気が付いていた。勿論真冬ちゃんやひよりんもだ。食べ終わるや否や、大きなため息をつきながらテーブルにダウンすれば誰だって気が付く。だが、その仕草があまりにも深刻そう過ぎてどうにも触れ辛《づら》かったのだ。先に帰った二人が去り際に残した「あとは頼んだわよ」的な視線を俺は忘れない。

「拾い食いねえ……そんな時代が私にもあったなあ……」

あったのかよ！

静が力なく呟く。あわよくばこれで元気を出してくれれば、と発した俺の安い挑発はどうやら不発に終わったらしい。いつもなら「誰が拾い食いなんかするのよ！」と突っかかってきそうなものだが、どうやら本格的に落ち込んでいるようだ。一体何があったんだろうか。

「どうしたんだ、一体？」

俺は掃除する手を止め、椅子に背中を預けた。喜怒哀楽に激しい静の事だからきっと大した事ではないんだろうが、ここまで落ち込まれたら放っておく訳にもいかない。二人から頼まれているし。

静《しずか》は寝そべったままぐいっと俺に目を向け——空虚な瞳を悲しみの感情で染めた。

「……ホラーゲーム……やることになっちゃった……」

「ホラーゲーム？」

「うん……」

静の返事は震える涙声。うるうると涙を滲《にじ》ませた瞳がテーブルに小さな水溜《みずたま》りをつくっていく。近場にティッシュがなかったので代わりに布巾で涙を拭いてやると、静は少しだけ落ち着いた表情になった。

「ありがと……」

「いや、いいが……それよりホラーゲームがどうしたんだ？　配信の企画か何かか？」

ホラーゲーム実況は、最近配信界隈《かいわい》で賑《にぎ》わっているコンテンツだ。特にバーチャリエラ所属のＶＴｕｂｅｒが頻繁にやっているイメージがある。ゼリアちゃんがプレイしている切り抜きをこの前ちょろっとだけ見たんだが、怖すぎてこっちが声を上げてしまった（因《ちな》みにゼリアちゃんは爆笑していた）。最近のホラーゲームはよく出来ている。

どうやら配信者の驚く姿や悲鳴に需要があるらしく、「バーチャリエラ所属ＶＴｕｂｅｒたちの悲鳴まとめ」みたいな動画が何十万再生もされていたのをこの前見つけたりもした。推しの悲鳴はどうやら万病に効くらしい。

静はひとしきり涙を流して落ち着いたのか、のそっと上体を起こした。俺は空いたスペースにすかさず布巾を滑らせ……よし、綺麗《きれい》になった。ピカピカになったテーブルを満足気に眺めていると、静がゾンビのように腕を伸ばし、スマホをこちらに突き出してきた。

「コレミテ……」

画面には誰かのツブヤッキーが表示されていた。このアイコンと名前は確かバーチャリエラ所属のVTuberか。何かの告知のようで、そこには黒と赤を基調にしたおどろおどろしい画像が添付されていた。

「なになに……『納涼！　バーチャリエラ・ホラーゲームリレー企画』……？」

リレー企画というのは複数人で順番にゲームをプレイしていく企画のことで、今回は皆でホラーゲームをやるらしい。そこには血塗られた文字で哀れな犠牲者の名前と時間が記載されていた。

「――ああ」

その中に「アンリエッタ」の文字を見つけ、俺は静が泣いていた理由を悟った。記載されているタイムテーブルによると持ち時間は一人二時間だが、何とアンカーを務めるらしいエッテ様は贅沢《ぜいたく》にも三時間用意されていた。リレー企画は最後が一番盛り上がるし、美味しいじゃないか。

「良かったな静、トリだぞトリ」

笑いかけると、静はその大きな瞳をぶわっと涙で溢《あふ》れさせた。

「何がいいもんですかあぁあああ！！　うおおぉおおおおん！！！」

スマホを投げ出し、そのままテーブルに墜落する静。折角拭いたのに勘弁してくれ。

「そんなに嫌なのか？　確かに最近のホラーゲームは洒落《しゃれ》にならないくらい怖いのかもしれないけどさ」

「うう……えぐっ……ほんとーにやだ……私怖いのダメだもん……」

何かにつけて大げさな静だが、この嫌がり様はどうやら本気で嫌らしい。

確かにエッテ様がホラーゲームをやっているのは見た記憶がないな。ほのぼの系のゲームばかりやっているイメージがある。直近でやっていたのも、どうぶつが住む架空の世界で虫や魚を捕まえてスローライフを送るゲームだったはずだ。

ソファにぶん投げられた静のスマホを拾い、もう一度確認する——血で染まったような「アンリエッタ」の文字。正直いち視聴者としては楽しみではあるんだが、流石《さすが》にこんな様子の静を見てしまうと可哀想《かわいそう》な気もしてくる。

……とはいえ。

「うーん……今回ばかりは俺に出来る事もないんだよな……」

部屋が汚ければ掃除してやるし、お腹《なか》が空《す》いたら料理を作ってやる。オフコラボするなら最大限協力だってする。

だが今回ばかりはどうする事も出来ないだろう。俺が代わりにホラーゲームをプレイするのは流石に無理がある。

「うう……このままサナギになってしまいたい……」

「なるなら自分の家にしてくれよ」

静の家は色々と栄養に満ち溢れているから、きっと立派な蝶《ちょう》になれるぞ。

静は暫《しばら》くの間テーブルに突っ伏して泣いているんだか泣き真似《まね》だかをしていたが、落ち着いたのか無音になった。もしかしたら泣き疲れて寝落ちしてしまったのかもしれない。

束《つか》の間《ま》の静寂がリビングを包む。俺は静の頭頂部にある小さなつむじを何となく眺めながら、自分に出来ることはないか考えていた。その成果はと言えば——

「——結局、慣れるしかないよなあ」

「……ぬ？」

起きていたらしい静が俺の声に反応して、よく分からない声をあげた。浜辺に打ち上げられた亀のように頭を動かして、ちらと俺を見てくる。その目は赤く腫れていた。

「静はホラーゲームとかホラー映画とか観《み》たことあるのか？」

「あるわけないじゃん……イヤだもん」

静はそれだけ呟《つぶや》くと俺から視線を外し、まるで昼休み直後の国語の授業を受ける高校生のように伏せた腕の中に帰っていく——ところでこいつはいつまで俺の家にいるつもりなんだろうか。帰れと言わなければいつまでもいるような気がする。何かと理由をつけて俺の家でくだを巻こうとするんだよな。

それはさておき、予想通りの返答に俺はホラーゲーム克服の手応えを感じていた。

「静、ホラー克服週間だ。今日から毎日一本、ホラー映画を観るんだ」

　これが解決の第一歩。

　俺が思うに静がホラーを苦手としているのは、そういうコンテンツから逃げ続けてきたからだ。勿論《もちろん》嫌いなものから逃げる事それ自体は悪い訳ではないが、静には企画を全うする使命が生まれてしまった。今こそ苦手と向き合う時。

「…………」

　聞こえているはずだが静は無反応、狸寝入《たぬきねい》りの術を発動中だ。聞こえているなら構わないので続ける事にした。

「ホラーは慣れてしまえばかなり耐性をつけられるジャンルなんだよ。リレー企画まであと一週間か。一週間でホラーを克服するには荒療治しかないと俺は思うぞ」

　まあ完全に克服するのは無理だと思うが、ぶっつけ本番で臨むよりは遥《はる》かにマシなはずだ。「お化け？　あーはいはい」くらいの精神を身に付けられれば初見のホラーゲームでもサクサク進められるだろう。それは視聴者が期待するエッテ様の姿とは少し違うかもしれないが。

「…………」

　静は相変わらずの無反応で、俺に小さなつむじを晒《さら》している。まあホラーが嫌だと言っているのに一週間ホラー漬けになる事を提案されたら反応する気も失《う》せるだろう。気持ちは分かるがどうしようもない。俺に出来ることは何もないんだ。

「ほれ、掃除の邪魔だ。気が済んだら帰ってくれ」

布巾を静に幅寄せして起床を促す。家が隣だし別にいつまで居て貰《もら》っても構わないんだが、それを言うと本当にいつまでも居るのがこの林城《りんじょう》静という女。心を鬼にしてこの甘ったれを追い出す必要があった。

静は追い出されムードを察知したのか、もぞもぞと身体《からだ》を動かして何かを呟いた。

「……ならやる」

「何か言ったか？」

籠もった声は俺の耳に届かずリビングに溶けていく。静に耳を近付けると、まさかの言葉が鼓膜を揺らした。

「……蒼馬《そうま》くんが一緒なら……やる」

◆

「絶対電気消さないでよ！　消したらホントに怒るからっ！」

——あれから約一時間が経過した。

現状を説明すると、俺たちは何故《なぜ》かソファに二人並んでホラー映画を観ているのだった。

「消さないから安心しろ。それよりくっつきすぎだって、もうちょっと離れてくれ」

静の両腕がまるで蔦《つた》のように俺の腕に絡みつき、ぎゅうぎゅうと締め上げてくる。血管が圧迫され、開始数分にして早くも俺の腕はジンジンと鈍い痛みを感じていた。「二人並んで」ではなく「二人くっついて」と言った方が正確かもしれない。

「嫌！　もう怖いもん！」

「まだ何も起きてないだろうが……」

ネット配信サービスを使ってテレビに映しているのは、誰もが一度は名前を聞いたことがある超有名ジャパニーズホラー。ビデオに封印された女性の霊がテレビから飛び出してくるあのシーンは、日本の映画でもトップクラスに有名と言っていいだろう。今観ているのは一作目だが、聞いた話によると最新作ではビデオではなくスマホから飛び出してくるらしい。幽霊も時代に適応して進化するんだな。

「ヒィィィィ……！」

「いやだからまだ何も起きてないって」

まだ幽霊は全く出てきていないんだが、静はちょっとした効果音やら場面転換の度に悲鳴を上げ、俺の胸に顔を押し付けてくる。はっきり言って映画よりそっちの方が気になって仕方がない。静は恐怖で冷え切っているんだろうが、俺は色々なもので温まりつつあった。

そもそも冷静に考えてみれば、女の子と二人きりでホラー映画を観るというのはかなりベタな自宅デートなんじゃないだろうか。勿論、静はそんな事を微塵《みじん》も思っちゃいないんだろうが、静の事を憎からず思っている俺としては否《いや》が応《おう》でも意識させられる。いや、別に好きって訳じゃないけどな？

「静、マジで離れてくれ。このままじゃ血管が止まっちまう」

何もないシーンでこれでは、いざ幽霊が出てきた時に勢い余って首を絞められかねない。

そしてその前に俺の理性がどうにかなりかねない。何とか平静を装いつつ静の肩を摑《つか》み引き剝がしにかかるが、静は返しのついた釣り針のように押せば押すほど俺にしがみついてくる。俺はもう全身にじっとりと嫌な汗をかいていた。

「……ふう」

壊れたみたいに煩《うるさ》い心臓を、深呼吸で無理やり抑えつける。

「絶対離れないいんだから………！」

静は最早《もはや》まともに画面を観ていなかった。目をぎゅっと閉じて、丁度俺の脇あたりに顔をうずめている。

画面の向こうではセーラー服を着た女子高生二人組が楽しそうに話しながら下校している。全く怖くないシーンなんだが、画面を見てもいない静は何故かぶるぶると震えていた。最早ホラー映画だというだけで怖いんだろう。静のホラー嫌いは思ったより根が深そうだ。

「静、分かった、くっついてていいからもう少しだけ離れてくれ。このままじゃ本当にヤバいんだって」

俺の腕が壊死《えし》するのが早いか、それとも俺の理性が決壊するのが早いか。俺は理性に自信のある方だが、いつもは燦然《さんぜん》と燃え盛る理性の炎も年頃の女の子に密着されている現状では風前の灯と言えた。こんなに押し付けられてるのに何故か胸の感触は全くなかったが、もしそれがあれば、今頃俺はほっぺたに真っ赤な手形をつけて床に転がっていたかもしれない。

「うう……」

俺の必死の声色が通じたのか、腕を締め付けていた圧迫感がふっと緩まる。しかし完全に俺から離れるのは心細いようで、次なる寄生主を探す両手はうろうろとターゲットを見定めた結果、俺の手を包み込むように握ってきた。

──俗に言う恋人繋《つな》ぎというやつだった。

「っ、おい静《しずか》、それは──」

「……ダメ……？」

「いや、ダメ……じゃないけど……」

濡《ぬ》れそぼった瞳で見つめられ、俺は苦し紛れにそう吐き出すことしか出来ない。

「ううう……怖いよう……」

静は細めた目で必死に画面を見つめている。変に意識しているのはどうやら俺だけらしく、悲しいような悔しいような、でもやっぱりありがたいような気がした。もしここで静が恥ずかしがるような素振りを見せでもしたら、きっと俺はおかしくなっていただろう。

……とはいえ。

「悪い、やっぱ電気消すわ。明るいと特訓にならないし」

「え、ちょっ!?」

静の反応を待たず、俺はリモコンを操作し部屋を暗くする。リビングは暗闇に包まれ、テレビの光だけが薄《う》っすらと俺たちの輪郭を映し出す。決して狙った訳ではないが、丁度そのタイミングでテレビが大きな音を立てた。

「――ッ」

音に反応して静がビクッと身体を震わせ、俺の手を強く握った。視界が失われた分、繋いだ手の感触や小さな息遣いがさっきより近くに感じる。今なら向こうの心臓の鼓動まで分かる気がした。電気を消したのは失敗だったかもしれない。

「………っ」

静にバレないように、反対側の手でそっと自分の頬を触る。まるで風邪でも引いたかのような熱さに、自分が静を意識している事を自覚させられ、余計に心臓の鼓動が煩くなる。

今回のホラー企画で試されているのはどうやら静だけではないらしい。俺の敵は無自覚な分、余計に質《たち》が悪いんだよな。

◇

林城静、大ピンチです。

何故か今……蒼馬くんと手を繋いじゃってます。

ホラーの恐怖で一杯だった頭は、突然スイッチが入ったようにその事を意識してしまって。待って待ってと頭を落ち着けようとするけれど、まさかの状態に思考回路はショート寸前。暗いし怖いしでも手は温かいしで、あまりの情報量に私はどうすることも出来なくて。

結果的に私は、蒼馬くんの手をしっかりと握ったままただ固まっているのだった。今だけは画面に広がるホラー映画も怖くない。全然それどころじゃないんだよ。

「……そーっ」

精一杯の勇気を振り絞って蒼馬くんの横顔を盗み見る。暗くてよく分からないけれど、なんだか涼しい顔をしている気がした。私と手を繋いでる事なんて全然気にならないですよーって感じ。

「……むぅ」

何だか無性に悔しくなって、頬を膨らませてみたりして。

……一応、私だって年頃の女の子な訳ですよ。

まあそりゃあ、確かに私は真冬《まふゆ》みたいにスラッとしてる訳でも、ひよりさんみたいに出るとこ出てる感じでもない。三人の中ではちょ――っとだけぷりちーな見た目かもしれないけどさ。

でも流石《さすが》に、この状況なら少しくらいドキドキしてくれてもいいじゃんね。

暗い部屋に二人っきりなんだよ!?

こ、ここ恋人繋ぎしちゃってるんだよ!?

私なんてどうにかなっちゃいそうなんだけど!?

………ふう。

頭の中で騒いだらちょっとだけ落ち着いたかも。というか、恋愛脳な自分が何だか恥ずかしくなってきた。勝手にヒートアップして勝手に冷静になるのは私の悪い癖だ。

そもそも私って蒼馬くんの事好きなんだっけ……？

いや、勿論全然嫌いじゃないけどさ。手繋げて嬉《うれ》しいし。何ならこのまま押し倒されても――ってダメダメ！　その妄想は絶対ヤバイやつだ。折角冷静になったのに、またおかしくなっちゃう所だった。

ま、まあとにかく全然嫌いじゃない。それは間違いない。

でも……好きなのかって聞かれると……。

蒼馬くんと一緒にいる時のこの胸のぽかぽかが果たして恋心なのかどうか、私にはよく分からなくって。

だ、だってまだ出会ってから一か月くらいだしさ!?

一緒に出かけたのだって数えるほどしかないし。いいよなー、真冬は毎日一緒に大学行けて。

……じゃなくて。私が言いたいのはそういう事じゃなくて。

何が言いたいかというと……そう、イベント。私と蒼馬くんにはイベントが不足してる気がするんだよ。漫画やアニメのヒロインだって最初から主人公に惚《ほ》れてたりしないでしょ？　なんやかんやあって好きになる。そのなんやかんやがまだ私たちには足りない気がするんだよね。

折角隣に住んでるんだから、もっとデートとか行ってもいいと思うんだ。そしたら私もこの胸のドキドキに「好き」って名前をつけられる。

……今、私何考えた？

と、とにかく私はチョロくなんかないんだから。絶対。

◆

さっきまで、ぎゃあぎゃあと騒いでいた静だったが、電気を消した後はまるで別人のように大人しくなった。怖すぎて固まってるのかと心配になり何度か横目で様子を確認した所、どうやらそういう訳でもなく、寧《むし》ろ画面を観《み》ているのか不安になるくらいに無反応だった。何なら俺の方が怖がっていたくらいで、最後のクライマックスシーンはつい隣に静がいる事を忘れて声を出してしまった。手を握ってくれて助かったのは俺の方だったのかもしれない。

「……あー怖かった」

何度かの脳内リハーサルを終え、俺は電気を点《つ》けながらそっと手を解いた。身体《からだ》はいい感じに冷えているのに、手だけは汗だくだった。しかしその事に触れてしまうと何だか後戻りできない空気になってしまう気がして、俺はわざとらしく伸びをしながら立ち上がった。

「ふう……静、どうだった？」

目を向けると、静は気の抜けたような様子でぽーっとテレビを見つめている。映画が終わった事にも気が付いていなさそうだ。何故《なぜ》か頬が赤く染まっている。

キッチンで麦茶を用意し戻ってきても静はまだ固まっていた。もしかして気絶してるのかと不安になった所で、静は差し出したグラスを受け取ると麦茶を喉の奥に流し込み始めた。真っ白な首元の、上下に揺れ動く喉元がイヤに目を惹《ひ》く。

……やっぱり今の俺、何かおかしいな。

静は麦茶を飲み干すと、やっといつもの表情に戻った。

「……ぷはっ。ありがと、蒼馬《そうま》くん」

「どう致しまして。映画どうだった？　何か余裕そうだったけど」

「んあー……よく分からなかったかも。ちょっと考え事に夢中になっちゃって」

てへへ、と頬を掻《か》く静。

平気そうにしていたのはそういう理由だったのか。しかしあの雰囲気で考え事とは、やはり静にとってあの手繋ぎは全然何でもない事だったらしい。変に勘違いせずに済んで良かったというか何というか。とにかく今日の事は綺麗《きれい》さっぱり忘れた方が良さそうだ。

「じゃあ明日からも特訓するか？」

「うん。よろしくお願いします」

こうして、俺たちのホラー強化週間が始まった。

◆

初日こそホラーを克服した雰囲気を醸し出していた静だったが、翌日からは人が変わったようにわーだのぎゃーだの騒ぎ倒した。

「んぎゃあああああああっ！！？？」

「静、腕痛いから！　お願いだから離して！　あと服に噛《か》みつくのも止《や》めろ！」

静はあの手この手で自らの恐怖を表現する術《すべ》を身に付け、俺は毎日身体のどこかに生傷を作る羽目になった。スウェットも噛みつかれたせいで一着ダメになった。静も大変そうだったが、同じくらい俺も大変だった。

静は精神に、俺は肉体にダメージを負いながら、何とか一週間を駆け抜けた俺たちだったが、その成果はと言うと……残念ながら静はまるで成長しなかった。寧ろ、余計に酷《ひど》くなった気がする。

そんな訳で結局ロクに耐性を身に付けられることもなく、静は本番を迎えたのだった。

時刻は丑三《うしみ》つ時《どき》——画面の向こうからはエッテ様の震え声が聞こえてくる。声を作る余裕もないようで、ほぼ静の声になってしまっていた。
『ああもう怖すぎる……どうして私がこんな目に……』

コメント：『エッテ様頑張って！』
コメント：『エッテ様の絶叫待機』
コメント：『ホラーゲーム初？』

チャット欄は推しのお嬢様が泣き叫ぶ瞬間を待ち望む敬虔《けいけん》な臣下たちで賑《にぎ》わっていた。

エッテ様がホラー苦手だというのをゼリアちゃんが思い切り煽《あお》ったことや、リレー企画のトリという事もあって、視聴者数は五万人を突破していた。五万人が静が絶叫する瞬間を待っているというのは、冷静に考えるととんでもないな。

静がプレイしているのは最近主流のゾンビホラーアクション系ではなく、一切攻撃できない主人公がひたすら薄暗い廃村を逃げ回るというインディーズゲームで、そのあまりの怖さからＶＴｕｂｅｒへの罰ゲームとしてよくプレイされているものだ。適当にホラー系の切り抜きを探せば、すぐにこのゲームをプレイしているものが見つかるだろう。

「大丈夫かなあ、静」

エッテ様がゲームを開始して、もう五分以上が経《た》った。それなのに、なんとエッテ様は初期位置から全く動いていなかった。ピクピクとキャラを痙攣《けいれん》させては無理無理と叫ぶのを繰り返している。半ば放送事故レベルの進行具合だが、チャット欄は寧ろ盛り上がっていた。人が怖がっている様を安全圏から眺めるのは極上の娯楽だ。

『もうホント無理！　一歩も進めないって！』

コメント：『がんばって』
コメント：『はやくして』
コメント：『クリア出来なかったら超激辛ポヤングってマジ？』

静《しずか》からすればポヤング食べる方がマシだろうな……そんな事を考えていると、スマホが音を立てた。

確認すると、画面には林城《りんじょう》 静の表示。あいつ配信中に何やってんだ……？

『たすけて』
『がんばれ』

一秒で返信を終え配信画面に視線を戻すと、画面の中には相変わらず懐中電灯片手にピクピクと痙攣を繰り返す主人公の姿があった。勿論《もちろん》一ミリも進んでいないし何のイベントも発生していない。流石に何か起きるまでは進められるだろうと思わなくもないが、これはホラーが平気な奴《やつ》の思考だろうか。映画のオープニングでビビッていた静を思うと、そうなるよなあという気もした。

ピロン、と再びスマホが音を立てる。メッセージの主は――確かめるまでもないな。

『いっしょにいて』

……そんな事を言われましても。


「……いやいや、流石に無茶だ」

うろうろとリビングを歩き回りながら思考を巡らせるが、どうやってもバレる危険を排除する事が出来なかった。

オフコラボで料理を手伝った時とは訳が違う。あの日は静とみやびちゃんがわちゃわちゃしてくれていたし、料理の音もあったから俺の存在がバレる危険は低かった。出番が終わったらすぐ真冬ちゃん家《ち》に退散したし。

それに比べてホラーゲーム配信の場に居合わせるのはバレるリスクが圧倒的に高い。ゲーム音は基本的に小さいし、恐らく静も叫ぶかだんまりかのどっちか。タイミングが悪ければ俺の呼吸音すら入ってしまう危険がある。

……もし配信中に他人、それも男が一緒にいるのがバレたら間違いなくエッテ様は大炎上するだろう。最近は崩れつつあるが、ただでさえエッテ様は清楚《せいそ》なイメージで知られているんだ。その反動は想像に難くない。俺が原因で推しの活動が止まってしまうような事は何があっても避けたかった。

つまり、答えは圧倒的にノーだ。

「……流石《さすが》に、流石にな」

ソファに背中を預け、自制するように呟《つぶや》いた。静を助けたい気持ちはあるが、越えてはならない一線というものがあるんだ。あまりにもリスクが高すぎる。

俺はルインを開き、メッセージを打ち込んだ。

『それはできな』――そこまで入力した所で、新たなメッセージが表示される。


『おねがい』


「…………はあ……」

大きな溜息《ためいき》が出た。

誰に対して？

静？　きっと違う、恐らく馬鹿な自分に対してだ。そして馬鹿な俺は、どうしてだか自分がこれからする事を後悔しないような気がしていた。

気付けばソファから立ち上がっていた。自分の服装を軽くチェックする。決してお洒落《しやれ》とは言えない無地のスウェット姿だったがアイツは見慣れているだろう。万が一がないようにスマホを音が出ない設定にしながら、俺は家から出た。目指す先はすぐ隣、表札には林城の二文字。

ドアノブを握る前に、ルインを送る。

『いまいく』

送りながら、独りごちる。

「……そもそも、推しにお願いされて断れる訳がないだろ」

◆

流石に玄関の音は入らないと思うが、最大限注意しながらドアを閉める。ゴミを踏まないように注意しながらリビングを踏破し――アイツこの数日間でこんなに汚したのかよ――静の寝室兼配信部屋の前まで辿《たど》り着いた。

「…………」

ドアの向こうで、数万人が待っている。勢いでここまで来たものの、そう考えたらドアノブを握る手が重くなる。もし俺がやらかしてしまったら、本当にとんでもない事になるんだ。

「…………」

目を閉じて、肺に空気を送り込む。それを何度も繰り返す。

脳裏に浮かぶのは涙目で俺に助けを求める静の顔。あの表情で見つめられると、どうしても首を縦に振ってしまう自分がいた。

エッテ様と静は似ても似つかない。はっきり言って静はポンコツだ。エッテ様の面影など全く存在しない。きっとエッテ様は部屋をゴミ屋敷にはしないだろうし、家事だって一人で出来るだろう。俺の推しはエッテ様であって、静ではない。頭では分かっているんだ、そんな事は。

頭で分かっていても、どうしようもなかった。

ゆっくりと目を開けて、そーっとドアノブを捻《ひね》る。エアコンで冷やされた空気がスッと頬を撫《な》でていく。

開けてしまった、もう戻れない。とんでもない事をしてしまったという緊張が肌を走っていく。けれどもう戻れない。ここまで来たらやるしかないんだ。

ゲーミングチェアの上で泣きべそをかいていた静が、はっとした表情で俺を見る。まるで地獄で神様に会ったような、そんな目で俺に助けを求めてくる。その表情がいつも俺をダメにするんだ。助けてやらなくちゃ、という強い思いが身体に漲《みなぎ》ってくる。

「…………」

だがしかし、勇んでやってきたもののどうすればいいのか俺には分からなかった。思うのは、出来る限り静に近付きたくないという事だけだ。マイクに近付けば近付くほど物音が入る危険は高まる。『いっしょにいて』という静の願いが一緒の部屋にいるだけで達せられるのならば、俺は部屋の隅っこでじっとしているつもりだった。ゴミだらけの部屋にそんなスペースはなかったが。

俺が目線で静に指示を求めると、静はゲーミングチェアから立ち上がった。座面を指差し、赤く腫れた目で何かを訴えかけてくる。

……座れって事か？

意図を確かめる余裕は俺にはなかった。事がバレて問題になるのは静の方なのに、何故《なぜ》か俺がエッテ様を人質に取られているような気分だった。

音を立てないように慎重に歩いていき、ゆっくりとゲーミングチェアに腰を下ろす。座面に残った静の体温を尻に感じて声を出してしまいそうになる。ただでさえ最近静とのボディタッチが多い俺としては本当に勘弁して欲しい温かさだった。俺の自制心にも限界というものがあるんだ。

「――っ……!?」

今度こそ声をあげそうになる。なんと静が俺の上に座ってきたのだ。余りの事に脳の処理が追い付かない。声を我慢出来たのは、偶然以外の何物でもなかった。

「覚悟決めた……私頑張る……！」

「…………………！！？？！！？」

言いながら、静は収まりの良いポジションを探して腰をもぞもぞと移動させる。健全な男子大学生の俺は、声にならない叫びをあげた。静が腰を移動させるという事は、その小さな尻を俺の下腹部に押し付けているのと同義であり、最早《もはや》それはお金を支払って受けるような何らかのサービスなのではないかとすら思えた。

こいつ自分が何をやっているのか分かっているのか!?

男の前部分にはあれが付いている事を分かっているのか!?

叫びたいが、叫べる訳もない。俺はエッテ様を人質に取られていた。

もし静が悪ふざけでやっているのなら無理矢理にでも引き剝がすんだが、そうではないことは痛い程伝わるのだった。俺の上に座ってなお、静の身体《からだ》は小さく震えていたから。

俺と同じく、静も戦っていた。

静の頭越しにゲーム画面や配信画面を見守っていると、静が震える手でキーボードとマウスを操作し前に進み始めた。配信が始まって十分以上が経過しているが、初の前進にチャット欄が湧き始める。

コメント：『エッテ様がんばって！』
コメント：『うおうおうおうお』
コメント：『あのシーンの反応楽しみすぎる』

「……はぁ……はぁ……」

静はゲームに必死でコメントを全く拾えていない。もし少しでもコメントを見る余裕が静にあったなら「あのシーン」という不穏な単語に気付けたかもしれないが、今の静にそれを求めるのは酷だろう。

「………」

実はこのゲーム、村に入ってすぐにびっくりポイントがあるのだ。村人が話しかけてくるだけなのだが、視界の外から急に目の前にワープしてくるのと、同時に大きな音が鳴るのが合わさりかなりの怖さになっている。初見なら間違いなく叫んでしまうレベルで、このシーンで叫ぶVTuberのまとめ切り抜きが上がっているくらいだ。

……静、せめて気は確かに保ってくれ。俺は固唾《かたず》をのんで膝の上の静を見守った。

まだ何のイベントも起きていないので当たり前ではあるんだが、静は意外にも軽快な足取りで夕暮れに染まった村の中を進んでいく。案外何も起きないな、とか考えているのかもしれない。すぐ先にびっくりポイントが待ち構えているとも知らず、少し余裕そうな雰囲気すら見せている。

「なんか……なんにも起きないね………」

コメント：『しばらく何も起きないよ』
コメント：『まだ序盤だからね』
コメント：『このゲームそんな怖くないしな』

「そうなんだ……何かクリアできる気がしてきたかも」

チャット欄は推しを油断させる事に謎の団結力を発揮していた。そして静はまんまとその術中にハマってしまっていた。表情は分からないが後ろからでもそれが分かった。膝の上に乗せていると、呼吸やら何やら、色々なものがダイレクトに伝わってくるんだ。

数秒後にびっくりポイントがくるぞ――静《しずか》の後頭部に向けて必死にテレパシーを送る。

チャット欄の奴《やつ》らは静がどれだけホラーが苦手か知らないからこのような非人道的なことが出来るんだ。油断した状態で驚かされたら、極度の怖がりの静はマジで口から心臓が飛び出していきかねない。それを阻止できるのは俺しかいないんだ。

「ようし、どんどんいくぞ……」

俺の必死の祈りも虚《むな》しく、静は精神的ノーガード状態でイベント地点に足を踏み入れた。

どうか静が無事でいられますように――俺は咄嗟《とっさ》に神に祈りを捧《ささ》げた。

――その瞬間。

「いヤぁああアアアああ唖々ああッ！！！」

「――ッ」

叫びながら仰《の》け反った静が、思い切り俺に背中を押し付けてくる。

浮遊感が身体を包み、何故か視界はスローモーションに天井を映している。

倒れる！――そう気が付いた時には俺たちは完全に身体の制御を失っていて。

俺は咄嗟に静を抱き締めて庇《かば》うことしか出来なかった。

……ゲーミングチェアって凄《すご》いんだなあ。天井を見上げながら、何故かそんな事を考えていた。

思い切り背中を打ち付けた衝撃こそあったものの、分厚いクッションのお陰で驚くほど痛みはない。ヘッドレストがついていたお陰で頭を床に打ち付けるという事もなく、ほぼ無傷といってていいだろう。現在進行形でお腹《なか》の上に抱えている静の重みの方がキツいくらいだった。成人女性にしてはかなり軽い方だと思うが。

「……う、ン…………？」

腕の中の静が小さく声を漏らす。何が起きたか理解出来ていないのか、言葉尻に疑問符が浮かんでいた。怪我《けが》をしている様子ではないのでホッと一息つき——

——そこで、静を思い切り抱き締めている事に気が付いた。柔らかい感触がなかったからすぐに気が付く事が出来なかったが、俺の右手は完全に静の胸を摑《つか》んでいた。

「…………ぬ？」

静もそれに気が付いたようで、自分の胸の上に置かれている俺の手をじっと見つめた。

嫌な汗がぶわっと身体中から吹き出す。

これは違うんだ——咄嗟に言い訳が口から出そうになった所で、それが出来ない事に気が付く。今は配信中で、何万人もの視聴者が俺たちの声を聴いている。

そして静はその事を忘れていた。

「きゃあああああああああああああ!!」

さっきより大きい悲鳴が鼓膜を突き刺す。

静はじたばたと俺の上から跳ね起きると、顔を真っ赤にしながら手あたり次第にその場に落ちているゴミを拾い、俺に投げつけてきた。ハンバーガー屋の包装紙、空のペットボトル、そしてパンパンにお菓子の包みが詰まったコンビニ袋――あらゆるゴミが俺に襲い掛かってくる。

俺は跳ねる心臓を押さえつけて、何度も静に手を合わせ頭を下げながら音が出ない最大限の速度で静の部屋から逃げ出した。

「………はあ」

身体に力が入らない。自分の家に戻るや否や、俺はずるずると玄関に背を付けて崩れ落ちた。

「……やっちまった」

とんでもない事をしてしまったという後悔と、これからどうなるんだという不安が俺の心を埋め尽くす。

そんな心とは裏腹に心臓は痛い程に早鐘を打ち、手は鮮明にあの感触を再生し続けるのだった。

◆

配信を観《み》る気にはなれなかった。

視聴者には絶叫と共に大きな物音が聞こえたはずで、きっとエッテ様を心配するコメントで大変な騒ぎになったはずだ。それに二回目の悲鳴をどう説明したのかも気にならないと言えば嘘《うそ》になる。

けれど俺はそれ以上に、どうしてもエッテ様の配信を観る気になれなかったのだ。

「……嫌われたよなあ」

汗をかいたまま寝る事も出来ず、俺は風呂に入り直していた。湯舟に浸《つ》かりじっとしていると、どうしてもさっきの事を考えてしまう。

……興奮しなかったと言えば嘘になる。

当たり前だ。俺はこの一週間、静の無意識ボディタッチで眠れぬ夜を過ごしていたんだ。やってはならない事をしてしまったと本気で思っているが、理性と本能は別というか何というか……とにかく女性の胸を触ったのは初めてだったんだ。真冬《まふゆ》ちゃんや酔ったひよりんに押し付けられた事はあるが、それとこれとは訳が違う。思い切り手のひらで触ってしまったんだから。

だがそんな興奮も刹那的なもので、こうして間を空けてしまえば、残ったのはやっぱり圧倒的な後悔だけ。

「……はあ」

汗は洗い流せても、心のもやもやは落とせない。もう何度目かも分からない溜息《ためいき》は、湯気と共に換気扇に吸い込まれて消えていく。静に嫌われたというどうしようもない事実が俺の胸を鉛でいっぱいにしていた。

「……あがるか…………」

風呂に入れば少しは気分もマシになるかと思ったが、全くそんな事はなかった。暗澹《あんたん》たる気持ちを抱えたまま俺は風呂から上がり、ドライヤーもそこそこにベッドに潜り込んだ。眠れる気は全くしなかったが、起きていると色々な事を考えてしまいそうだった。逃げるように目を閉じ——る前に、ルインを確認する。

『本当にごめん。わざとじゃなかったんだ』

「……既読はなし、か」

一時間以上前に送ったメッセージは、まだ静に届いていなかった。静は配信中でも平気でルインを送ってくる奴だから、見ようと思えば見られるだろう。現に俺もルインで呼び出された訳だし。

それなのに既読がつかないという事は……もう静は俺と関わりたくないんだろう。当たり前だ。事故とはいえ、自分の胸を触ってきた男と仲良くしたがる女性がどこにいる。もし俺が静なら、そんな奴と仲良くするなんてまっぴら御免だった。

「……はあ」

——どうしてこんな事になってしまったんだろうか。

静が引っ越して来た時は、これから夢のような生活が始まるんだと、そう思った。

そして、それは間違っていなかった。

確かに静はエッテ様のイメージとは全く違って、それどころか正反対で、エッテ様に抱いていた憧れというか、いいなぁという仄《ほの》かな想《おも》いは完全になくなってしまったけれど。

林城《りんじょう》静という存在は俺にとって、それを補って余りあるくらいには大きくて。

ああもう、はっきり言ってしまえば——俺は楽しかったんだ。静やひよりん、真冬ちゃんが引っ越してきてからの生活が、本当に楽しかったんだ。

だけど——それももう終わり。

静はきっと直《す》ぐに引っ越してしまうだろう。それどころか、静の胸を触ってしまったと知れたらひよりんや真冬ちゃんにだって嫌われてしまうだろう。やっと賑《にぎ》やかになったマンションも、また独りぼっちに逆戻り。

そう思ったら、じんわりと目元が濡《ぬ》れ出した。泣きたいのは静の方だというのに、どうして俺が泣いているんだ。けれど涙は止まらない。

ぼやけた視界で、祈るようにもう一度だけルインを確認する。

勿論《もちろん》既読は付いていなかった。

◆

どれくらい時間が経《た》っただろうか。俺は一睡も出来ず、いや、自分が寝ているのか起きていたのかすら分からず、真っ暗な部屋でじっと天井を見つめていた。

いつの間にか外からは小鳥のさえずりが聞こえてくる。もう朝になったのだろうか。

静は、無事にホラーゲームをクリア出来ただろうか。丑三《うしみ》つ時《どき》に始まったエッテ様の配信は、朝にはもう終わっているはずだった。無事にクリアしていればいいなと思う。嫌われてしまっても、エッテ様は俺の推しだからだ。

——ピンポーン。

「……？」

この時間に鳴るはずのない音が耳朶《じだ》を叩《たた》く。来客を告げるインターホンの音だ。

誰にも会いたくない気分だったが、目元を拭って俺は立ち上がった。

「——え」

インターホンの映像には、来るはずのない人物が映っていた。

「……静……？……ッ!!」

熱に浮かされたように玄関に走る。慌ててドアを開けると、そこには不安そうに目を細めた静が立っていた。真っ赤に腫れた目元には涙が浮かんでいる。

静は俺を見て、何故《なぜ》か安心したような表情を浮かべた。

「良かった、起きてた……！」

「静……？」

静から怒りや拒絶のような感情が読み取れず、俺は困惑した。それどころか静はドアの隙間を縫うように俺の家に上がり込んでくる。俺は訳も分からず静の背中を追った。静はリビングを素通りし、何故か寝室で足を止めた。俺は声をかけられず、ベッドの前に立つ静をただただ後ろから見つめていた。

「……お、おじゃまします」

「ちょっ――!?」

反射的に手を伸ばすも、手のひらは空《むな》しく宙を摑む。静は俺の手をすり抜けてベッドの上で寝転んだ。小さな一人用ベッドの上をゴロゴロと転がり、薄《う》っすらと笑顔を浮かべている。

俺は目の前の状況に完全に取り残されていた。

「え、ちょっ、は……？　静、怒ってるんじゃないのか……？」

少なくとも、絶縁したい相手のベッドで寝るという文化は日本にはないはずだ。俺の疑問に静はピタッと回転運動を止め、キッと俺を睨《にら》みつけてきた。

「勿論怒ってるよ——蒼馬《そうま》くん、勝手に帰っちゃうんだもん！」

「……は？」

静《しずか》が何を言っているのか全く分からない。俺を置き去りにして静は一人ヒートアップしていく。

「何で勝手に帰っちゃったのさ!?」

バンバンとベッドを叩きながら静が騒ぐ。何で帰ったって、俺は静に追い出されたと思うんだが。

「俺はお前に言われて出て行ったんだぞ？」

「出てけなんて言ってないもん」

「いやでも思いっきりゴミ投げつけられたし……」

「な、投げたけど！　でも帰れなんて言ってない！」

「ええ……」

あの状態であそこに居続けられる人間なんて居ないと思うぞ……。

静はベッドの上に転がっていたタオルケットをかき集めるように抱き締めると、顔を埋《うず》めてブルブルと震え出した。匂いを嗅がれると困るのでやめてくれ。

「蒼馬くんが帰っちゃったせいで、私がどれだけ怖い思いをしたか……！」

タオルケット越しに聞こえるくぐもった声に、俺はやっと状況を理解しつつあった。あれからずっと胸に巣食っていた嫌な感情が少しずつ薄れていく。

「……もしかして一人で寝られなかったのか？」

俺の問いに、タオルケットに顔を押し付けている静はゆっくりと頷《うなず》いた。

「なるほどな……ゲームはクリア出来たのか？」

今度は、ゆっくりと首が振られた。

「そりゃそうか……悪かったな、勝手に帰っちまって」

あの場を百回繰り返しても俺は帰ったと思うが、静に怖い思いをさせてしまったのは間違いない。そこに関してはきっと俺が悪いんだろう。

そして確実に俺が悪い件が一つ。俺は本題を切り出すことにした。女性からこの話題を出させるのは男として間違っていると思うから。

「それとさ……胸、触っちゃって本当にごめん。嫌だったよな」

「…………」

静は動かない。タオルケットのせいで表情も分からなかった。

不意に沈黙が場を支配して、俺は胸が痛くなった。やっぱりその件については怒っていたのか——そんな不安が胸に押し寄せる。

不安で吐きそうになるのを必死に耐えていると、小さな声が耳に届いた。

「……ないし」

「うん？」

「……さ、触られて嫌がるほど……む、胸……ないし……」

静は言いながらきゅう、と丸まって小さくなる。恥ずかしさと悲しみが入り混じったような静の声に、俺は慌ててフォローを入れた。

「え、いや、そんなことないって！　お、俺はいいと思うぞ!?」

言った瞬間——間違ったと悟った。

静はタオルケットを放り投げ、顔を真っ赤にして俺を睨んだ。

「蒼馬くんのヘンタイ！　やっぱり許さないからッ！！！」

◇

倒れてしまったゲーミングチェアを何とか戻し画面を確認すると、チャット欄は私を心配する声でとんでもない事になっていた。
コメント：『エッテ様大丈夫!?』
コメント：『凄《すご》い音したけど何があった？』
コメント：『二回目の悲鳴なに!?』
コメント：『スタッフとかいないの？』
「も、もしもーし？　心配させてごめんね、ちょっと椅子倒れちゃって」

跳ねる胸を抑えながら何とか声を絞り出す。ドキドキしすぎて、正直コメントの内容も頭に入ってこない。キーボードとマウスを握り直しても何だか現実のものとは思えなくて、夢の中を泳いでるみたいに頭がぽわぽわしていた。

——蒼馬くんに、胸触られちゃった！

それだけが心の真ん中にどっしりとあった。

男の子に触られた経験なんて勿論ある訳なくて、初めての経験に私の頭はショート寸前。思い出すと心臓がおかしくなりそうだった。

蒼馬くんに触られた胸が、ただひたすらに熱かった。

コメント：『怪我《けが》しなかった？』

コメント：『エッテ様が無事なら何より』

コメント：『無事でよかった』

「う、うん大丈夫。二回目の悲鳴は部屋の中に虫がいて叫んじゃっただけだから気にしないで。中断しちゃってごめんね、今から再開します！」

ヘッドホンを付け直して、ゲーミングチェアに座り直す。蒼馬くんの膝の上はあんなに安心出来たのに、いつも座ってるはずの椅子はまるで雪の上みたいに冷たくて頼りなかった。

……どうして私は蒼馬くんを追い出してしまったんだろう。助けてくれたのは分かってたのに。

呼び戻そうにも今蒼馬くんを意識したら固まってしまう気がして、それも出来なかった。

「う……」

ゲーム画面は、村人に話しかけられた所で止まっていた。

……私はこいつに驚かされたのか。いきなり出てきおって。こいつのせいで私は蒼馬くんに――

「……はぅ」

顔が熱くて、私はデスクに撃沈した。

はっきり言ってゲームどころじゃない。この胸のドキドキを何とかしないと、まともに呼吸すら出来そうになかった。

そんな状態ならホラーゲームもクリア出来るんじゃないかと思ったけれど全然そんな事はなくて、結局私は時間内に最後までクリアする事が出来なかった。こんなの人が出来るゲームじゃないよ。リレー企画を考えた運営に文句言ってやるんだから。

コメントによると、大体半分くらいの進度らしい。私にしてはよく頑張ったよね。

「クリア出来なくてごめんね……」

コメント：『悲鳴聞けてこっちは満足よ』

コメント：『バーチャリエラさん罰ゲームの企画よろしくお願いします』

コメント：『エッテ様の絶叫のお陰で腰痛が治りました』

「なにそれ……皆夜遅く、いやもう朝か。こんな朝まで観《み》てくれてありがとね。今日はこれで終わりにします……」

チャット欄は変な人で一杯だった。私は叫び疲れて、挨拶もそこそこに配信を切った。

「……ふう」

パソコンの電源を切り、部屋の電気を消す。私はベッドの上にダイブした。カーテンからは薄っすらと早朝の明かりが差し込んでいる。

「う……」

暗い部屋の中、ベッドの中で丸くなると身体《からだ》を寒気が包んだ。思わずエアコンを切っても身体は温まらない。

目を閉じれば、脳裏にはさっきまで嫌というほど味わっていた恐怖映像が広がる。一言で言えば、めちゃくちゃ怖かった。心細かった。今すぐ誰かに会いたかった。

蒼馬くんに、会いたかった。

「……」

私は気が付けばベッドから出て、ゴミの山を踏み越え、蒼馬くんの家の前に立っていた。

起きているかは分からない。それでもどうしても会いたかった。

インターホンを鳴らして待っていると、ガチャとドアノブが回り、蒼馬くんが顔を出す。

「良かった、起きてた……！」

蒼馬くんの顔を見た瞬間、胸が温かいもので満たされていく。さっきまでの震えは止まり、温かい湯舟に浸《つ》かったような、そんな安心感が私を包んだ。

——うん。

私はこの時、はっきりと自覚した。

いや……本当はずっと前から、そうだって分かっていたんだけれど。

とにかく確信したんだ。

私、林城《りんじょう》　静は——天童《てんどう》蒼馬という男の子が好きだって事を。

◆

「蒼馬くんの匂い嗅いでたら何か落ち着いてきたかも」

「嗅ぐな、今すぐ離せ」

タオルケットを引っ張るが、逆サイドから引っ張り返される。

「取らないでよ！　只《ただ》でさえはみ出てるんだから！」

「だったら訳の分からん事言うな。とっとと寝ろ」

恥ずかしさから、つい語気が強くなる。

でもそれも仕方ないと思うんだ。

……だって俺は今、静と二人並んで寝ているんだから。

「静、やっぱり止《や》めないか？　外も明るいしもう怖くないだろ」

カーテンの隙間からは朝日が差し込み、暗い室内をぼんやりと照らしている。もうすっかり朝だった。小鳥の鳴き声がけたたましく響き、正直あまり寝れる気はしない。

「怖いもん……それにこれは罰なんだから文句は受け付けないんだよ」

胸を触った罰として一緒に寝ること——それが静に言い渡された判決だった。はっきり言って全く罰になっていないと思うんだが、どうやら静も絶対に一人にはなりたくないようで頑《かたく》なにその条件を譲らなかった。その結果、俺たちはベッドの両端でお互いに背を向けながら縮こまっている。

「……蒼馬くん」

「何だ？」

「……ありがとね」

背中に投げかけられたお礼に心当たりはなかった。寧《むし》ろお礼を言いたいのはこっちの方だ。胸を触ってしまったのに許してくれるというのは、相当な事のはずだ。

「お礼を言われる事なんてしてないと思うが」

「……ううん。出会った日から、蒼馬くんには助けられてばっかりだよ」

声が近付いた。遅れて——背中に小さな感触。

「私……東京に引っ越してきて良かった。このマンションを選んで良かった」

これは……手だ。静《しずか》の手がまるで宝物を触るように、ゆっくりと背中を撫《な》でていく。

「——蒼馬《そうま》くんに会えて良かった」

「……そうか」

不意打ち気味の静の攻撃に、顔から火が出そうだった。身体中から汗が噴き出す。

静、一体どうしてしまったんだろうか。こんなストレートに気持ちを伝えてくる静は今まで見たことがない。これが噂《うわさ》に聞く深夜テンションという奴《やつ》なのか。それともホラーの恐怖でおかしくなっているのか。それにしては声に重みがあった気がするが。

急にしおらしくなった静に対し、何を言ったらいいのか全く思いつかない。ただ、軽率な事は言いたくなかった。気持ちを打ち明けてくれた静に対し、本心で応えないのは失礼な気がした。

「……俺も」

今から何を言うのか自分でも分からない。熱に浮かされ、ただ心のままに口を動かす。

「——俺も、静に会えて良かった。推しの中の人だからじゃない。林城静という女の子に会えて良かった」

自分が何を言ってしまったのか、自分でもよく分からない。ただ、本心を伝えたという感覚だけは確かにあった。それは俺が常日頃思っている事だから。

静に会えて良かったと、俺は毎日のように思ってるんだ。

「……静？」

恥ずかしい事を言ったという自覚はあった。何か反応を期待して言った訳でもなかったし、どう反応されても俺は困ってしまうだろう。真面目に返されるより笑い飛ばされた方が楽だとすら思えた。

けれど——静は無反応。俺は急に不安になった。そんなに気持ち悪い事を言ってしまったのか……？

「……すぅ……すぅ…………」

「ん……？」

耳を澄ませると、背中から小さな寝息が聞こえてくる。どうやら静は寝てしまったらしい。

「……俺も寝るか」

どんなタイミングだよ、と心の中でツッコミながら俺は目を閉じた。

不思議と、安眠できる気がした。

エピローグ

工学部の撃墜王、本学の男子の視線を一身に集める新入生、次期ミスコン優勝当確者、氷の女王――その他多くの二つ名を恣《ほしいまま》にするその一年生の名は、水瀬《みなせ》真冬《まふゆ》。

俺の幼馴染《おさななじみ》であり、今は同じマンションに住む仲間でもあるその水瀬真冬女史は、氷点を遥《はる》かに下回る蔑視線を俺に向けながら今、リビングに仁王立ちしているのだった。

そしてその横には、あらあらと口元を押さえながら俺に視線を向けるひよりんが立っていた。

ザニマスのライブで俺を一目《ひとめ》惚《ぼ》れさせた、現在飛ぶ鳥を落とす勢いの大人気アイドル声優・八住《やすみ》ひより。まともそうな雰囲気を纏《まと》っているが、酔うと誰も手を付けられない酒乱であり、彼女も同じマンションに住む仲間だ。

弩級《どきゅう》の美人である二人に蔑みの目を向けられ、俺はたまらずリビングに正座し、自らの行いを深く反省する運びとなった。

「……本当に申し訳ございません」

「本当に悪いと思ってるの？」

不機嫌を隠そうともしない真冬ちゃんの声に、俺は亀のように首をすぼめる事しか出来ない。

「本当に悪いと思ってる……約束に寝坊してしまった事は」

静のホラー放送があった日、俺は昼から真冬ちゃんと出掛ける約束をしていたのだ。しかし早朝まで静と色々あった俺は、見事にそれに寝坊してしまった。合鍵を所持している真冬ちゃんが不審に思い、俺の家に上がり込んでみた所（合鍵返してくれ）、静と同衾《どうきん》している俺を発見し――俺は鬼の形相の真冬ちゃんに起こされ今に至る。

因《ちな》みに静はまだ寝ている。よっぽど疲れていたらしい。

「そんな事はどうでもいいの。どうしてお兄ちゃんが静と一緒に寝ているのかを聞いてるのよ。これは立派な不純異性交遊なのよ？」

真冬ちゃんにだけは言われたくない――心の中で俺はツッコんだ。勿論《もちろん》リアルで言う勇気はない。今の真冬ちゃんには、やるといったらやる凄《すご》みがあった。

「確かに、それは私も気になるなあ。蒼馬くんと静ちゃんって、そういう関係だったのかしら？」

「!?」

まさかの追加攻撃に、俺は思わず顔を上げた。いつも天使のような微笑《ほほえ》みを湛《たた》えている（飲酒時を除く）ひよりんは、表情こそ笑っているものの目が笑っていなかった。マンションの仲間内で爛《ただ》れた関係が発生している事が気に食わないんだろうか……？

「い、いや全然……そういう関係ではないんです。ただ、静が一人で寝れないって言うから……ほら！　あいつ昨日ホラー配信やっててそれで――」

「――それで普通、異性の所に行く？　マンションには私やひよりさんだっているのに」

「……おっしゃる通りでございます……軽率な行動だったと反省しております……」

美人二人に凄まれるのがこんなに辛《つら》いとは思わなかった。顔を上げる事すら出来ないプレッシャーに、胃がキリキリと痛む。

そもそも、どうして俺が怒られているんだ……。部屋を訪ねてきたのは静の方だというのに。招き入れてしまった時点で男の俺の責任になるのか……？

分からないが、二人のターゲットは完全に俺だった。

「確認するけれど、お兄ちゃんと静の間には何もないのよね？」

「はい……それだけは間違いありません」

俺の言葉に、二人の空気が弛緩《しかん》するのが分かった。

「……そう。それならいいのよ、それなら。お兄ちゃん、これからは私以外の女性と同衾するのは禁止だから」

「良かったあ……蒼馬会で気を使わなくちゃいけないかとハラハラしちゃった。蒼馬くんと二人でお酒飲むの、私好きだから。これからもよろしくね？」

「あ、はい。こちらこそよろしくお願いします」

約一人、何かおかしな発言があった気がするがきっと気のせいだよな。とにかく二人の怒りが収まって本当に良かった。

「……お酒って、どうして二十歳からなのよ……」

真冬ちゃんが恨めしそうに宙を睨《にら》む。蒼馬会で唯一お酒を飲めない真冬ちゃんは寂しい思いをしているのかもしれない。

「二十歳になったら一緒に飲もうな」

「うふふ、蒼馬会の皆で飲み会なんて本当に楽しそうね」

ひよりんが未来を想像して微笑む。それは楽しそうな未来だった。二年後もこうやって皆で騒げればいいなと俺も思う。

何となく許された雰囲気があるので、俺は立ち上がりながら疑問をぶつけることにした。

「そういえば、ひよりさんはどうしてうちに？」

俺の疑問に、真冬ちゃんもそういえばと視線をひよりんに向ける。二人示し合わせて来た訳ではないんだな。

ひよりんは頬に手を当てて、少し恥ずかしそうに腰をくねらせる。ライブでキレキレのダンスを踊っているからか、おっとりしているのに身体《からだ》の使い方がキマってるんだよな。

「えっとね、私っていつも蒼馬くんに迷惑かけてるでしょう……？　だからそのお礼にランチを御馳走《ごちそう》しようと思ってたの。そうしたら丁度真冬ちゃんが蒼馬くんの家に入っていく所だったから、一緒にあがっちゃいました」

ごめんなさい、と頭を下げるひよりん。クリーム色の長い髪が揺れ、花のような香りが鼻腔《びこう》をくすぐる。どうしてひよりんはいつもいい匂いがするんだろうか。永遠の謎だ。

「それなら、三人で出掛けませんか？　真冬ちゃんもそれでいい？」

真冬ちゃんとの用事はデパートで買い物をするだけだし、あそこならランチの候補にも困らない。一石二鳥とはまさにこの事だ。

「……私は構わないわ。外で待ってるから早く準備してよね」

いい案だと思ったのだが、真冬ちゃんは刃物のような視線で俺を貫くと、不機嫌さを隠そうともせず外に出て行ってしまった。何か二人でやるイベントでも考えていたのだろうか……？

「じゃあひよりさん、準備するのでちょっとだけ待ってて貰《もら》ってもいいですか？」

「分かった。じゃあ私も外で待ってるわね」

ひよりんが出ていったのを確認すると、俺は勢いよく寝間着のスウェットを脱ぎ捨て外出用の服に着替えた。洗面台でがしがしと顔を洗い、ワックスで髪を整える。眉は……このままでも大丈夫そうだな。

「静、起こさないとな」

あらかた準備を終え、寝室をチラ見する。ベッドの上では静が気持ちよさそうに大の字になっていた。

寝室に入り、静に手を伸ばす。指先が髪に触れた所で——俺は思い直して手を引っ込めた。

「……このままにしといてやるか」

あまりに気持ち良さそうな静の寝顔に、静を追い出す気持ちが急速に霧散していく。まあ起きたら勝手に出ていくだろう。うちは物理鍵だけでなくオートロックに設定してあるから鍵も心配ないし、このまま放置しても問題ないか。

「ううん……そーまくん……おかわり……」

「ははっ、なんだよその寝言」

静はどうやら夢の中でご飯の真っ最中らしい。だらしなく開いた口からは涎《よだれ》が垂れていた。

「……ったく。とんでもない奴と隣人になっちまったな」

ティッシュで涎を拭いてやると、静は気持ちよさそうに身をよじる。まだまだ起きる気はないらしい。

忘れ物がないかを確認し、俺は二人が待つエントランスに向かった。

——その後どうなったのかというと。

その晩の蒼馬会で俺は静に「どうして私を置いていったのか」と苛烈に責められ、口から火を吐かんばかりの静は真冬ちゃんに無許可の同衾を詰《なじ》られ、ひよりんはそんな俺たちを肴《さかな》に缶チューハイを山ほど飲み暴れ、我が家のリビングは阿鼻叫喚《あびきょうかん》の地獄絵図と化した。

……騒がしすぎるとは思うけど、この喧騒《けんそう》が、今は心地良いのだった。

あとがき

初めまして、遥透子《はるかとうこ》と申します。

「小説家になろう」「カクヨム」から読んで頂いている方は、こんにちは。

本作を手に取って頂き本当に有難《ありがと》う御座います。楽しんで頂けたなら幸いです。

……あとがきが2ページしかないので、挨拶はこの辺りにしまして。


私の欲望の結晶である本作ですが、実は私が初めて書籍化のお話を頂いた作品でもあります。なので本作が私の作家デビュー作！　……という訳ではなくタッチの差で2作目なのですが、お話を頂いた際のインパクトが強く、私の中では「うおおお作家デビューだああ」という印象がどうしても拭えない作品となっております。いやあ、あの時はドキドキしましたね。


話は変わりまして、実はこの作品はかなり勢いだけで書いています。どれくらい勢いだけで書いているかというと、タイトルに一切真冬《まふゆ》ちゃんが出てこない事が全てです。

真冬ちゃんはいつの間にかそこにいました。そしていつの間にか彼女面してました。

現状、私の頭の中はかなり真冬ちゃんに侵略されています。この先どうなるのか……私にも全く想像がつきません。何故《なぜ》ならこれを書いている今現在、2巻のプロットが全くないからです。誰か助けてください。

……冗談はさておき。

もう余白が残り少ないので、ここからは感謝の言葉を述べさせて下さい。

まずは、オーバーラップ文庫編集部の皆様。そして校閲、デザイン等、本作の書籍化にご協力下さった皆様。本当に有難う御座います。

そして、書籍化のお話を下さった担当編集Kさん。Kさんとの通話はとても面白く、凄《すご》く良い刺激になってます。この間も平日深夜に5時間も付き合って頂き有難う御座いました。今度飲みに行きましょう。

次に、最高に素敵なイラストを描いて下さった秋乃《あきの》える先生。先生に担当して頂けると知った時は「マ、マジか……!?」と時が止まった事を覚えています。というのもプライベートのアカウントで先生のSNSをずっと前からフォローさせて頂いていたからです。初めてキャラデザを頂いた時から感動の連続です。本当に有難う御座います。

最後に、コミカライズに携わって下さっている編集部の皆様。そして担当してくださる漫画家様。本当に有難う御座います。私もいち読者として、とても楽しみにしております！

……告知し忘れていました！　本作、コミックガルド様よりコミカライズします！！！

そちらも宜《よろ》しくお願い致します！　……ああもう余白がない！

最後の最後に、本作を手に取って下さった皆様。本当に有難う御座います。

2巻でまたお会い出来る事を楽しみにしております。次はあとがき100ページ下さい。

作品のご感想、
ファンレターをお待ちしています

あて先

〒141-0031
東京都品川区西五反田8-1-5 五反田光和ビル4階
オーバーラップ文庫編集部
「遥 透子」先生係／「秋乃える」先生係

OVERLAP

ネットの『推し』とリアルの『推し』が
隣に引っ越してきた 1

発　　行 2023年3月25日　初版第一刷発行

著　　者 遥 透子
発 行 者 永田勝治
発 行 所 株式会社オーバーラップ
〒141-0031　東京都品川区西五反田 8-1-5
校正・DTP 株式会社鷗来堂
印刷・製本 大日本印刷株式会社

Printed in Japan ISBN 978-4-8240-0436-9 C0193